Vantell J. LaRoche

Adam Coon

–

Der Tod im Klärwerk

Roman

Bibliografische Information der Deutschen Nationalbibliothek:
Die Deutsche Nationalbibliothek verzeichnet diese Publikation in der Deutschen Nationalbibliografie; detaillierte bibliografische Daten sind im Internet über http://dnb.dnb.de abrufbar.

14ter November 2019

3te Auflage

Herstellung und Verlag: BoD – Books on Demand, Norderstedt

ISBN: 978-3-7597-7052-3

WIDMUNG

Es ist Unsinn - sagt die Vernunft.

Es ist, was es ist - sagt die Liebe.

Es ist Unglück - sagt die Berechnung.

Es ist nichts als Schmerz - sagt die Angst.

Es ist aussichtslos - sagt die Einsicht.

Es ist, was es ist - sagt die Liebe.

Es ist lächerlich - sagt der Stolz.

Es ist leichtsinnig - sagt die Vorsicht.

Es ist unmöglich - sagt die Erfahrung.

Es ist, was es ist - sagt die Liebe.

Erich Fried „Was es ist"

Wer auch immer sich angesprochen fühlt …

DER AUTOR

Vantell J. LaRoche.

Ein Pseudonym, hinter dem sich ein junger Schreiberling versteckt - im wahrsten Sinne. Denn Vantell wurde 2002 in der kleinen Stadt Görlitz geboren.

Im Jahre 2012 fand der Schreiberling die Liebe zur Literatur und Fremdsprachen und verfasst seither auch eigene Werke.

Das bislang größte Projekt dabei ist die Buchreihe zu Adam Coon. Mit abertausenden Worten, Sarkasmus und schlechten Witzen wird das Leben des Coons mit Höhen und Tiefen gestaltet.

WERKE

Adam Coon - Der Tod serviert mit Essig, Band 1

Adam Coon - Der Tod im Klärwerk, Band 2

KAPITEL EINS

04. November, 2015.

Es war ein milder Mittwochabend, gegen neun Uhr.

Lieutenant Melinda Grant hatte vor einer Stunde Feierabend

gemacht. Nun saß sie mit einem Glas Wein in der einen und

dem Festnetztelefon in der anderen Hand auf ihrer Couch

und telefonierte mit ihrer besten Freundin und Kollegin Dok-

tor Alexa Nye.

„Mel, jetzt sag mir endlich, was dich bedrückt", forderte Nye.

„Mich bedrückt nichts. Ehrlich", antwortete Grant.

„Du brauchst mich nicht zu belügen, wenn's um ihn geht."

„Nein, nein, nein, nein. Es geht nicht um ihn. Es geht auch

um sonst niemanden. Es ist alles in Ordnung."

„Schätzchen, das waren eindeutig zu viele Neins."

„Gut, du hast Recht. Aber auch nur, weil es seit vorgestern -"

„Hey, was ist los?"

„Es hat gerade an der Tür geklopft."

„Erwartest du jemanden?"

„Nein, aber ich ruf' dich später zurück." Grant legte auf, stellte den Wein beiseite und begab sich zur Tür. Sie griff nach der Klinke, doch etwas ließ sie zögern. Jemand hatte ihr einen Zettel unter der Tür durchgeschoben. Sie hob den Zettel auf und las ihn sich durch.

Wie nennt man einen wahnsinnig gutaussehenden Mann, der momentan auf der anderen Seite Ihrer Tür wartet?

Grant zog scharf die Luft ein. Schwungvoll riss sie die Tür auf. Da stand er. Seine Lippen gezeichnet von Schüchternheit. Seine Augen geprägt von Schuldgefühlen. Ohne weiteres packte sie ihn am Kragen, drückte ihn gegen die Wand und presste ihre Lippen auf seine. Als sich die beiden widerwillig voneinander lösten, flüsterte Grant: „Ich hab' dich so vermisst, Adam." Er antwortete mit einem leidenschaftlichen Kuss, während er sie in ihre Wohnung schob. Er zog sein Jackett aus und stieß die Tür hinter sich mit seinem Fuß zu. Grant unterbrach den Kuss, und Coon schaute sie perplex an. Doch sie biss sich nur verführerisch auf die Unterlippe, nahm seine Hand und führte ihn in ihr Schlafzimmer.

Sie drehte sich um und fand Coon ganz nah bei sich. Ihre Arme legte sie um seinen Hals und zog ihn zu sich, küsste ihn. Er hatte inzwischen seine Arme um ihre Taille gelegt und zog sie noch näher. Ihre Küsse wurden fordernder. Eine seiner Hände wanderte unter ihr T-Shirt, doch er zögerte. Sie ergriff seine andere Hand und führte diese ebenfalls unter ihr Shirt. Er ließ seine Finger langsam über den Stoff ihres BHs gleiten, bevor er ihr das Oberteil komplett über den Kopf schob und es auf den Boden fallen ließ. Grant löste Coons Krawatte, während sie rückwärts zum Bett geführt wurde. Vorsichtig ließ sie sich nach hinten fallen und zerrte ihn mit sich. Ihre Lippen verließen seine und knabberten schließlich an seinem Ohr. Als er sich ein wenig aufrichtete, um ihr Dekolleté zu küssen, spürte sie, wie sich seine Bauchmuskeln anspannten. Grant begann sein Hemd aufzuknöpfen. Mit einer geübten Handbewegung öffnete Coon den Verschluss ihres BHs. Grant wand sich heraus und holte Coon hoch, näher zu sich. Sie griff nach unten, schlang seinen Gürtel auf und zog den Reißverschluss herunter. Mit festem Blick schaute sie ihm in die Augen, und er stürzte sich förmlich auf sie.

„Das war -"

„Spitze? Ich weiß. Bekomme ich einen Preis dafür?", er guckte sie neugierig an. Sie schüttelte den Kopf und stützte sich auf seiner Brust. „Nein, ich hab' keinen Preis für dich, aber eine Frage. Wo warst du die vergangenen drei Jahre?"

„Hätten wir das nicht eventuell vor dem Bonga-Bonga klären sollen?"

„Vor dem ... Du meinst doch hoffentlich Sex!"

„Was denn sonst?"

05. November, 2015.

Die Sonnenstrahlen fielen ins Schlafzimmer. Coon war bereits seit einigen Stunden wach, hatte sie ein-, zweimal auf ihren Haaransatz geküsst. Behutsam, um sie nicht aufzuwecken. Es war das Letzte, was er wollte, sie zu wecken. Glücklich schloss er die Augen und versank in Tagträumereien. Anfangs schön, doch dann so schnell, grau und alles voll Frustration. Plötzlich fühlte er etwas Warmes sich über seinen Körper rekeln. Grants Augenlider flackerten, dann öffneten sie sich.

„Wunderschönen, guten Morgen und nicht nur der ist wunderschön", sagte er und strich ihr einzelne Haare aus dem Gesicht, bevor er sich zu ihr beugte und ihr einen zärtlichen Kuss auf die Nase gab. Grant musste unweigerlich schmunzeln. Mit beiden Händen umfasste sie sein Gesicht und legte ihre Lippen auf seine. Ehe sie ihre Zärtlichkeiten vertiefen konnten, wurden sie unterbrochen.

„Dein Telefon", murmelte Coon.

„Was macht dich da so sicher?"

„Ich würde niemals die Titelmusik von Police Academy als Klingelton benutzen." Ungern ließ Grant von Coon ab.

„Was ist, Tico?", maulte sie in ihr Telefon.

„Oh, störe ich gerade?", wollte der Detective wissen.

„Nein."

„Und ob Sie stören! Sie stören immens!", rief Coon.

„Hältst du die Klappe!", fauchte Grant und schleuderte ihm ein Kissen ins Gesicht. Sie wickelte sich die Satindecke um, stand auf und ging ins Wohnzimmer. „Also, Ti, was gibt's?"

„Das 25ste Revier benötigt unsere Unterstützung in einem Mordfall."

„Wo?"

„Wards Island Wastewater Treatment Plant."

„In der New Yorker Kläranlage gab es einen Mord?"

„Korrekt."

„War etwa jemand sauer, weil seine Scheiße nicht richtig her-untergespült wurde oder was?"

„Ha, der war gut. Wenn du da bist, wartet schon Captain Harris auf dich."

„Nicht Harris!", protestierte Grant.

„Leider doch. Vielleicht könnt ihr euch ja diesmal aussprechen."

„Sei leise, Asustín! Ich bin in dreißig Minuten da."

Grant ging zurück ins Schlafzimmer zu ihrem Kleiderschrank. „Hör auf, mir auf den Arsch zu starren!"

„Auf keinen Fall, denn damals hast *du* mir andauernd auf den Hintern gestarrt. Warum sollte *ich* es jetzt nicht dürfen?" Sie schmiss die Bluse aufs Bett und legte sich erneut auf Coon.

„Ich muss zur Arbeit. Da will ich mich konzentrieren und nicht die ganze Zeit darüber nachdenken, was hier passiert ist."

„Okay, aber bitte geh von mir herunter. Du bist nämlich schwerer, als ich dich in Erinnerung hatte", neckte Coon und friemelte schon wieder an Grants BH.

„Pfoten weg!", sie rappelte sich auf und zog sich weiter an. Kurz bevor sie ging, drehte sie sich nochmal zu ihm. „Solltest du vorhaben, aufs Revier zu kommen. Es ist jetzt in der 51sten Straße, nicht mehr in der Lex. Das Revier hat jetzt sogar 'ne Tiefgarage und das Beste an dem Ganzen ist, nebenan befindet sich das achte Fire Department.

„Pure Ironie, nicht?" Coon lächelte lediglich darüber.

„Was grinst du so dämlich?"

„Das alles wusste ich schon längst."

„Woher denn bitte schön?"

„Schätzchen, ich musste doch wissen, was der Chief of Departments und der Bürgermeister dort veranlasst hatten. Immerhin habe ich zwei Drittel der Kosten, die für den Umzug und den Wiederaufbau des Reviers angefallen waren, übernommen", protzte er.

„Und wieder einmal strotzt dein Ego nur so vor Testosteron."

„Jeder Mensch hat eine Schwäche. Meine ist nun mal mein übernatürliches Ego." Breit grinsend verließ Grant ihr Apartment und fuhr zum Tatort.

„Morgen, Jungs", grüßte der angehende Captain ihre Kollegen.

„Oh, wow! Hey, Max, schau dir das an."

„Was ist?" Detective Maxwell O'Connor wandte sich von den Officers des 25sten Reviers ab und schaute seinen Partner Detective Tico El Asustín neugierig an.

„Mel lächelt", antwortete dieser.

„Oh, mal was ganz Neues." Gänzlich verwirrt fragte Grant: „Was ist so außergewöhnlich an einem Lächeln?"

„Die Tatsache, dass es ein Zustand ist, den man bei dir in den letzten Jahren nur selten gesehen hat, macht es so außergewöhnlich", erwiderte Asustín und bedeutete ihr mit einer Kopfbewegung, ihm ins Klärwerk zu folgen. Drin wurden sie von Captain Louis Harris erwartet, der wohl sehr gestresst war. Denn immer, wenn er unter Druck stand, klapperte er wie wild mit seinen Schlüsseln.

„Morgen, Detectives. Melinda", begrüßte er die drei.

„Hallo, Louis. Was haben wir?", fragte Grant.

„Ich weiß es nicht, Dr. Nye wollte es mir nicht sagen." Sichtlich amüsiert von Harris lief Grant zu der Pathologin.

„Hey", strahlte sie Nye an.

„Hey, Süße. Wie kannst du nur so gut drauf sein, trotz Harris' Anwesenheit?"

„Tja, gestern Abend -"

„Nein, warte! Lass mich raten, er war bei dir. Oh mein Gott! Ich wusste, er würde sich trauen. Aber kommen wir zum Fall. Dazu kann ich dir nicht viel sagen. Ich schätze, an der Zahl sind es sieben oder acht Opfer. Zumindest den Köpfen nach zu urteilen, die ich bisher finden konnte."

„Todeszeitpunkt und Ursache?"

„Den Zeitpunkt kann ich dir nicht nennen", erklärte die Pathologin. „Aber die Ursache ist eindeutig. Zerhäckselt von einer der Wasserturbinen."

„Hm, hätte mich auch gewundert, wär's ein normaler Mord gewesen. In den letzten Wochen gab es nur solche seltsamen Morde. Stranguliert mit Geschenkband. Erfroren in einem Tiefkühllager. Eine Frau, die ihrem Exmann Nägel in den Kopf schlug."

„New York! Die Stadt, die nie schläft und in der anscheinend auch alles möglich ist", meinte O'Connor und wedelte mit seinem Notizblock herum. Ohne gefragt zu werden, fing er an zu erzählen. „Wir haben hier zwar überall Kameras und Alarmsysteme, aber die wurden alle zwischen drei und vier Uhr lahmgelegt. Worauf wir schließen können, dass die Morde in diesem Zeitraum stattfanden. Und bevor du fragst. Nein, es gibt keine Zeugen. Nur zwei Reinigungskräfte, die die Leichenteile vor einer Stunde entdeckt haben." Unkommentiert machte Grant auf dem Absatz kehrt und war im Inbegriff zu gehen, als Harris hinter ihr hereilte. „Warte doch!", rief er. „Wo willst du hin?"

„Aufs 17te", sagte Grant kühl.

„Wieso aufs 17te? Wieso nicht aufs 25ste?"

„Weil wir mehr Ressourcen haben und das bessere System.

Und uns somit mehr Möglichkeiten zur Verfügung stehen."

„Also wie in alten Zeiten - immer zu dir, huh?"

„Lass es, Louis! Lass es einfach!", wies sie ihn schroff zurück und lief zu ihrem Wagen.

Nach einer Stunde des Wartens waren nun alle in den Fall involvierten Detectives sowohl des 17ten als auch des 25sten Reviers im Großraumbüro versammelt.

„Wie werden die weiteren Ermittlungen aussehen?", fragte ein Detective des 25sten seinen Vorgesetzten.

„Wir werden -"

„Ihr werdet gar nichts", unterbrach Grant Harris. „Ihr habt uns nämlich um Hilfe gebeten und nicht andersherum. Das heißt, ihr spielt nach unseren Regeln. Und da ich nun mal der ranghöchste Detective in diesem Fall bin, bedeutet das, jeder, der hier versammelten Polizisten, tanzt nach meiner Pfeife!"

Ein Grummeln raunte durch die Reihen, bis sich Captain Harris zu Wort meldete. „Okay, meinetwegen. Mir ist es eigentlich egal, wer hier der Boss ist. Ich, genau wie jeder andere, will nur wissen, wie die weiteren Ermittlungen aussehen."

„Wenn du endlich die Klappe halten würdest, dann könnte ich auch fortfahren", giftete Grant. „Zuerst werden wir Wards

Island an sich durchleuchten. Mitarbeiter, Finanzen, Partner-schaften et cetera!" Während sich O'Connor und Asustín als Platzanweiser nützlich machten, bemerkte Grant eine Frau. Blond, schlank, circa eins fünfundsechzig, um die zwanzig. Trug ein schwarzes Businesskostüm und in ihrer Hand hielt sie ein Klemmbrett.

„Kann ich Ihnen helfen, Miss?", wollte Grant wissen. Die junge Frau schaute von ihren Notizen auf. „Ja, in der Tat. Ich suche Mr. Coon", meinte sie.

„Tut mir leid, aber Adam Coon arbeitet hier schon seit geraumer Zeit nicht mehr."

„Ich weiß. Ich bin Claire Henning, Mr. Coons Assistentin. Er war gerade noch hier." Die beiden Frauen ließen ihren Blick durch die Menschenansammlung schweifen.

„Guten Tag, die Damen", grüßte jemand. Im Gegensatz zu Henning, die gelassen reagierte, zuckte Grant heftig zusammen und wirbelte herum. „Adam, was zum Teufel!"

„Ja, hey, Mel", sagte Coon und wandte sich gleich zu Henning. „Claire, schreib neue Kampfmatten für den Fitnessraum auf." Schnell entfernte sie die Kappe ihres Stiftes und schrieb alles auf.

„Adam, was wird das?"

„Das, mein Herzblatt, ist eine In-ven-tur."

„Warum?"

„Wie bereits gesagt, habe ich zweihundertdreißigtausend Dollar ins 17te investiert. Und vom Chief of Departments habe ich eine Liste bekommen, auf der all die Dinge aufgelistet sind, in die mein Geld geflossen ist." Erschrocken schüttelte Grant den Kopf.

„Du hast zweihundert -"

„Ich kann mich nicht daran erinnern, Smartboards auf der Liste gelesen zu haben", stellte Coon fest. „Seit wann habt ihr Smartboards und nicht mehr die guten alten Mordfallbretter?" Grant überlegte kurz. „Seit zwei Jahren."

„Okay. Claire, ruf später bitte beim Chief an und frage ihn, warum er mir eine unvollständige Liste zukommen lässt. Und, Mel?"

„Ja?" Coon trat ganz nah an Grant heran und flüsterte ihr kokett ins Ohr: „Wie wäre es heute Abend um acht bei mir?"

„Sofern es mir die Arbeit um den Mordfall erlaubt", antwortete sie.

„Na dann, werde ich gleich mal zu Moreno gehen und ihr sagen, dass ich hier wieder arbeiten will." Er entledigte sich seines Mantels. „Claire, würdest du den kurz für mich halten?", bat er seine Assistentin. Diese nahm ihm den Mantel ab und zeigte ihm noch schnell, wo sich das Büro des Captains befand.

Asustín fuchtelte wild mit den Händen vor Grants Gesicht herum. „Hey! Hey, Mel! Hallo!" Der Blondschopf schreckte aus ihrer Trance auf. „W-was?"

„Mel, wie wär's, wenn du endlich anfangen würdest zu ermitteln und nicht nur rumstehen würdest?"

„Tut mir Leid, ich hab' ..."

„Was ist los mit dir?", hakte Asustín misstrauisch nach.

„Euh, Adam ist wieder da und steht jetzt schon fünf Minuten lang vor Morenos Büro. Er traut sich, glaube, nicht reinzugehen."

„Ach, so ist das", meinte Asustín erheitert. „Kaum ist Mr. Anhängsel wieder da, schon wirst du unkonzentriert und verlierst den Fokus, fängst an zu schwärmen."

„Halt die Klappe oder ich erzähl' Max von dem Vorfall letzte Woche."

„Das wagst du nicht."

„Oh, doch!", verkündete sie und richtete ihren Blick wieder auf Coon, der sich gerade dazu überwunden hatte, Morenos Büro zu betreten. Grant war so auf ihn fixiert gewesen, dass sie gar nicht mitbekam, wie Asustín O'Connor und weitere

Kollegen zu sich winkte, damit sie das Szenario, was sich derzeit im Büro bot, mit ansehen konnten.

Coon schloss die Tür und atmete tief durch, bevor er Captain Farah Moreno entgegentrat. „Hallo, Farah."

„Adam!" Der Captain war offenbar überrascht von Coons plötzlicher Wiederkehr. Sie erhob sich von ihrem Chefsessel und lief auf ihn zu. „Was machst du hier?", fragte sie.

Nicht barsch, eher traurig.

„Ich möchte wieder als Berater in Grants Team agieren, diesmal aber offiziell. Gib mir einen Stift und das Formular mit der Verzichtserklärung, ich werde es unterschreiben", erklärte er voller Enthusiasmus. Moreno überwand die letzten Meter zwischen ihnen und wollte gerade zum Kuss ansetzen, da trat Coon einen Schritt zurück und sagte: „Ich habe gehört, du hast dir einen kleinen Yorkshire Terrier zugelegt?" Dezidiert trat Moreno wieder auf Coon zu, umklammerte mit ihren Fingern seinen Hemdkragen, drückte ihn gegen die Tür und küsste ihn. Sofort stieß Coon sie zurück. „Nein! Aus!"

„Kannst du dich denn nicht mehr an unsere Nacht erinnern?", fragte sie keineswegs schuldbewusst.

„Wohl oder übel, ja. Aber das hatte nichts zu bedeuten." Moreno verschränkte die Arme vor der Brust. „Ach ja?" Coon fuhr sich durch sein Haar und suchte verzweifelt nach den richtigen Worten. „Arg, weißt du, es gibt Menschen, die wir brauchen. Es gibt Menschen, die wir lieben. Und es gibt Menschen, die wir brauchen, weil wir sie lieben. Aber keiner dieser Menschen traf oder wird je auf dich zutreffen! Das zwischen uns war eine einmalige Sache." Entrüstet setzte sich Moreno auf die Kante ihres Tisches. Wenn Blicke töten könnten, dachte sich Coon, bevor er die ganze Angelegenheit noch schlimmer machte, als sie eh schon war. „Was? Hat es dir die Sprache verschlagen, weil ich die Wahrheit gesagt habe?"

„Nein, aber es gibt keinen triftigen Grund, mich vor so einem Arschloch wie dir rechtfertigen zu müssen!"

„Ha", lachte er spöttisch. Bei Moreno knallten alle Sicherungen durch, sie griff nach dem Erstbesten, was sie fand, holte aus und warf es. Coon machte einen Ausfallschritt nach links, der Tacker krachte gegen die Tür.

Mittlerweile hatte sich das halbe Morddezernat um Grants Schreibtisch versammelt. Alle schauten aufmerksam zum Büro des Captains, gespannt, was als Nächstes passieren würde. Immer wieder schleuderte ihr Captain Büroartikel in Coons Richtung. Selbst die Tastatur musste unter Morenos Wutanfall leiden. Von Coons Seite kamen regelrechte Panikschreie. Hör auf damit! Ich will zu meiner Mami! Wieso bin ich eigentlich immer das Opfer!? Als Moreno kurzzeitig abgelenkt war, um einen geeigneten Wurfgegenstand zu finden, riss Coon die Tür auf, stolperte aus dem Büro und zog die Tür mit einem lauten Knall wieder zu. Keuchend stützte er seine Hände auf den Knien und blickte schockiert zu Grants Tischgruppe.

Ein schiefes Grinsen konnte er sich dann doch nicht verkneifen. „Hey ... whaa!" Morenos Laptop schepperte durch die Glaswand haarscharf an Coons Kopf vorbei.

„Was stehen Sie hier so blöd rum?", zischte Grant zu den Schaulustigen. „Na los! Hopp, hopp! Die Leichen werden ihren Mörder nicht selber finden." Schnell machten sich die anderen Detectives wieder an die Arbeit, während Grant mit ihrem Team zu Coon in den Pausenraum ging.

„Hey", sagte Grant und umarmte ihn. Er erwiderte die Umarmung und sagte ebenfalls „Hey" nur eine Oktave höher als sonst.

„Die hat Sie ja ganz schön zur Schnecke gemacht, huh?", höhnte Asustín. O'Connor schloss sich der Spötterei seines Kumpels an. „Wird wohl nichts mit dem Hier-wieder-arbeiten, Mr. Anhängsel?"

„Oh, doch! Kurz bevor ich meine Flucht antrat, habe ich mir das hier noch geschnappt." Coon holte ein zusammengefaltetes Blatt Papier aus seiner Innentasche.

„Was ist das?", wollte O'Connor wissen.

„Eine der unzähligen Verzichtserklärungen, die in Morenos Büro herumliegen. Bereits mit ihrer Unterschrift versehen, fehlt nur meine." Lachend verließ Asustín mit O'Connor den Pausenraum und wisperte: „Mr. Anhängsel ist sich wohl nicht ganz im Klaren, dass er das Formular Moreno persönlich übergeben muss."

„Ich will sein Gesicht sehen, wenn er es erfährt."

Grant wartete, bis ihre Kollegen außer Sichtweite waren. Danach schlang sie ihre Arme um seinen Hals. „Dort drin hast du dich wacker geschlagen."

„Hmpf", schnaubte Coon und legte seine Hände an ihre Taille. Grant zog ihn näher zu sich heran. „Du bist wirklich gut. Obwohl, nein, du bist nicht nur gut, sondern auch noch klug, charmant, hast Witz. Du verkörperst halt den perfekten Gentleman."

„Na ja, ich würde mich eher als Casanova beschreiben", raunte er ihr zu.

„Heute Abend mach' ich es wieder gut", verkündete sie und begab sich zu ihrem Schreibtisch.

KAPITEL ZWEI

Coon eilte ihr nach und nahm neben ihr auf dem Stuhl Platz. Fragend sah er sich um. „Wo ist Ms. Henning?"

„Ihre Assistentin? Die ist vorhin gegangen, musste irgendwas ... assistentenmäßiges erledigen", antwortete Grant und schwang bewusst auf das Sie zurück. Niemand musste wissen, dass zwischen den beiden etwas lief. Coon seufzte. „Da muss ich ihr wohl eine Nachricht schicken, immerhin brauchen wir eine neue Glasscheibe für Morenos Büro."

„Machen Sie das. Und danach lassen Sie sich von Tico über den Fall aufklären", sagte Grant.

Nachdem Coon seiner Assistentin geschrieben hatte, stellte er sich zu Asustín vor das Smartboard. „Sie arbeiten jetzt also offiziell als Berater?", erkundigte sich dieser.

„Fast. Ms. Henning muss nur noch die Verzichtserklärung für mich abgeben."

„Okay", prustete Asustín. „Auch wenn Sie noch kein vollwertiges Teammitglied sind, sollten Sie dennoch das Motto des NYPD kennen. Welches wie folgt lautet?"

„Höflichkeit, Professionalität, Respekt?"

„War das jetzt 'ne Frage oder 'ne Antwort?", der Detective stemmte provokativ die Hände in die Hüften. Coon warf einen kurzen Blick an die Decke. „Eine Antwort?", gab er zögerlich zurück.

„Okay, machen wir weiter. Wie definieren wir unsere Aufgaben?"

„Sie sind sich schon bewusst, dass Sie mich über den Mordfall aufklären und nicht irgendwelche Fragen bezüglich Ihres und meines Jobs in Spe stellen sollen?" Verständnisvoll nickte Asustín, meinte dann aber: „Sehen Sie es als Aufnahmeritus." Genervt stöhnte Coon auf. „Das NYPD definiert seine Aufgaben dadurch, das Recht durchzusetzen, den Frieden zu wahren, die Angst zu mindern und eine sichere Umgebung zu gewährleisten. Ist das Antwort genug, Mr. Aufnahmeritus?"

„Jawohl, Mr. Anhängsel. Und jetzt zum Fall. Mehrere Menschen tot im -"

„Klärwerk."

„Woher wissen Sie das?", verwundert schaute Asustín den Einundvierzigjährigen an.

„Euh, reine Intuition." Asustíns Augen weiteten sich. „Sie! Als ich heute Morgen mit Mel telefoniert habe, waren Sie der Typ im Hintergrund, der sagte, dass ich störe!"

„Erstens nein. Und zweitens Mel hatte Männerbesuch?" Mit einem Nicken bestätigte Asustín die Frage. Schelmisch grinsend drehte sich Coon zu Grant.

„Was?", fragte sie nichtsahnend.

„Sie hatten gestern Nacht die Gesellschaft eines Mannes?"

„Ja, na und", konterte sie trocken und widmete sich ihrem Computer. Doch anstatt es darauf beruhen zu lassen, forschte Coon weiter. „Wie ist er denn?"

„Das hat Sie nicht im Geringsten zu interessieren."

„Warum so kalt und halbherzig? Ich weiß, ich war lange weg und habe mich kein einziges Mal gemeldet", zwinkerte er ihr zu. „Man hat von mir nur in den Nachrichten gehört, wenn ich wieder Millionen-Geschäfte gemacht hatte. Aber trotz allem können Sie mir doch diese klitzekleine Frage beantworten. Bitte, Melinda." Er verzog seine Lippen zu einem Schmollmund.

„Wenn Sie es unbedingt wissen wollen, Adam. Er ist groß, gut gebaut, sehr attraktiv. Hat einen exklusiven Geschmack in jeglicher Hinsicht, das kann man nicht bestreiten. Er kann ein Gentleman sein ..." Neugier tat sich in den Gesichtern von

O'Connor und Asustín auf. Coons Gesicht wurde weiterhin von einem fetten Grinsen gezeichnet - bis jetzt. „auch, wenn er die meiste Zeit ein selbstgefälliger, überheblicher, egozentrischer, in den Wahnsinn bringender, zermürbender Idiot ist. Er ist halt wie ein kleiner Junge, gefangen im Körper eines Erwachsenen", fuhr Grant fort, und sofort schwand das fette Grinsen ihres Beraters.

„Sehr nett, wie Sie ihn beschreiben."

„Tja, die Wahrheit kann manchmal ziemlich schmerzhaft sein", entgegnete sie ihm und griff nach ihrem Telefon.

„Alexa, hast du was?.. Ja? Okay, ich komme." Sie nahm sich ihren Anorak und bewegte sich in Richtung Aufzug. „Adam, kommen Sie?" Ohne zu zögern, folgte er ihr in den Aufzug.

„Du weißt schon, dass selbstgefällig und überheblich dasselbe bedeuten." Gespielt beleidigt verschränkte er die Arme vor der Brust. Wie eine Großmutter tätschelte Grant seine Wange und sagte: „Siehst du, dass meine ich mit dem kleinen Jungen."

„Pff." In der Tiefgarage angelangt, ging Coon geradewegs auf sein Auto, einen 2012er Dodge Charger, zu und stieg ein, gefolgt von Grant.

Nach einer viertelstündigen Fahrt kamen sie endlich in der Gerichtsmedizin an. „Leg los, Alexa", forderte Grant, während sie ihre und Coons Jacke auf einen der freien Autopsietische schmiss.

„Schätzchen, wir haben es nun dreiviertel zwei, das heißt, ich bin schon vier Stunden damit beschäftigt, die Leichenteile richtig zusammenzusetzen. Bisher habe ich zwei der Opfer."

„Das ist doch gut, oder?", brummte Coon.

Nye schnaubte verächtlich. „Ich habe DNA-Proben der beiden ins Labor gegeben. Der Linke heißt Salazar Griffin. Laut Datenbank ist er Anfang vierzig, verpartnert und seit achtzehn Jahren Angestellter des DEP. Und der Rechte ... Ja, keine Ahnung."

„Wie keine Ahnung?", fragten Coon und Grant unisono.

„Angeblich haben wir eine zu niedrige Sicherheitsfreigabe für den Kerl."

„Na, klar", kicherte Coon.

„Du kannst mir ruhig glauben, Adam. Besser, du solltest mir glauben."

„Warum?"

„Weil ich keine Lust habe, mit dir darüber zu diskutieren. Vor allem nicht, wenn Mel hier ist und Harris jeden Moment auftauchen könnte. Er ermittelt zwar nicht, ist aber ein genauso großer Sturkopf wie du und wollte es mir auch nicht glauben."

Grant wurde hellhörig. „Harris ist auf dem Weg hierher?"

Nye nickte. „Er wollte sich selbst davon überzeugen, dass wir eine zu geringe Sicherheitsfreigabe haben."

„Wer, verdammt nochmal, ist Harris?", wollte Coon ungeduldig wissen.

„Louis Harris", begann Nye, „ist Mels Verflossener, ihr Ex-Lover. Bis vor anderthalb Wochen, als sie mitten im Streit auseinandergegangen sind."

„EX-LO-VER", Coon spuckte die Silben förmlich aus.

Grant stieß einen Seufzer aus. „Na, toll! Gut gemacht, Alexa", jammerte sie und schob ihren Partner aus der Pathologie bis zu seinem Auto.

Die gesamte Fahrt über schwiegen sie sich an. Selbst, als sie im Fahrstuhl standen, herrschte unangenehme Stille. Grant drückte den Notschalter. „Rede", befahl sie ihm.

„Über was denn?"

„Was hab' ich dir getan, dass du mich mit Schweigen bestrafst?" Er zuckte mit den Schultern und fummelte an seiner Krawatte herum. „Ich weiß einfach nicht, was ich davon halten soll. Das mit diesem Harris."

„Gar nichts, ja? Darüber musst du dir nicht deinen Kopf zerbrechen, genauso wenig wie ich es tue. Er war lediglich 'ne kleine Affäre."

„Und doch hielt genau diese bis vor kurzem an. Wie lange?"

„Vier Monate, na und. Er diente nur zur Ablenkung, damit ich nicht ständig an dich denken musste. Und als ob du nicht untätig gewesen warst?"

„Die ersten zweieinhalb Jahre, nein. Das letzte halbe Jahr, ja. Da habe ich mir nämlich Gedanken darüber gemacht, wie ich mich ohne großes Tohuwabohu wieder in dein Leben integrieren kann."

Grant verengte ihre Augen. „Ohne großes Tohuwabohu? Sag' mal, kann es sein, dass du eifersüchtig bist?"

„Ja", antwortete Coon. „Wieso auch nicht? Wenn selbst so ein Typ namens Louis bei dir beziehungsweise in dir landet."

„Mein Gott, Adam! Werd' endlich mal erwachsen." Stille. Nach einer gefühlten Ewigkeit ging Coon auf Grants Worte ein. „Du hast Recht", gestand er mit einem ernsten Unterton. „Es tut mir leid."

„Hey, jetzt werd' ja nicht zu erwachsen." Belustigt legte sie ihre Hände in seinen Nacken.

„Ach, komm! Denkst du wirklich so? Wir sprechen hier immerhin von mir."

34

Grant schmunzelte und hauchte ihm einen Kuss auf die Lippen. Danach setzte sie den Fahrstuhl wieder in Gang.

„Mehr hast du nicht zu bieten?", schmollte Coon. Die Türen öffneten sich, und die zwei verließen den Metallkasten.

„Mach ruhig weiter so, dann war's das mit heute Abend", drohte sie ihm spielerisch. Abrupt blieb Coon stehen. „Nein!" Sie warf ihm einen überlegenen Blick zu und lief zu O'Connor und Asustín.

Schnell langte sie nach der Tastatur und tippte den Namen Salazar Griffin ein. Auf einem der Smartboards erschienen Foto und Lebenslauf.

„Verdächtiger oder Opfer?", wollte Asustín wissen.

„Opfer", antwortete Grant nachdenklich. O'Connor klickte Griffins Profil an und schob es nach links an den Rand.

„Mehr hatte Alexa nicht für euch?", fragte er nach.

Coon schüttelte den Kopf. „Nein, aber andere Frage. Wo ist das unerwünschte Gesindel vom 25sten?"

Asustín und O'Connor grinsten. „Captain Moreno hat sich darum gekümmert. Sie schien voller Elan zu sein, vielleicht war auch ein Ticken Wut dabei. Woher das wohl kommt?", rätselte Asustín sarkastisch.

Auch Grant musste schmunzeln. „Das heißt also, wir haben den Fall übernommen?" Zustimmendes Nicken seitens ihrer

Teamkollegen. „Gut, dann hab' ich jetzt eine gute und eine schlechte Nachricht. Zum einen ist somit Harris nicht mehr hier. Zum anderen haben wir weder Beweise noch Indizien, geschweige denn Verdächtige."

„Und die gute Nachricht?", neckte O'Connor provokant.

„Sehr witzig. Ich würde es lieber mal mit Arbeiten probieren", nörgelte Coon.

„Oho!", lachte Asustín. „Hast du das gehört, Max? Große Worte von Mr. Anhängsel."

„Wenigstens bin ich nicht der Dummschwätzer, sondern lediglich der Klugscheißer unserer *lustigen* Truppe." Dabei schwang er sarkastisch-freudvoll seinen Arm. „Womit wir erneut beim Thema Scheiße und so auch beim Abwasser wären. Was uns wiederum zu unserem Fall führt. Den Morden in der Kläranlage."

Asustín stöhnte genervt auf. „Also, ich finde keinen Ansatz. Oder anders ausgedrückt, ich wüsste nicht, wo wir mit den Ermittlungen ansetzen sollten", gab er sich nach zehnminütiger Gafferei an die Smartboards geschlagen.

„Wir müssen aber irgendetwas finden! Wir können nicht warten, bis Alexa mit der Autopsie endgültig fertig ist", stresste Grant.

„Ich denke, es wäre das Beste, wenn wir noch ein paar Informationen zu diesem Griffin heraussuchen. Kontodaten, Telefondaten, mögliche Feinde", schlug der grummelige Asustín vor.

„Ich werd' auch gleich 'nen Durchsuchungsbeschluss für seine Wohnung klarmachen", meinte O'Connor. Keine Sekunde später saß er an seinem Schreibtisch und wählte die Nummer des Bezirksgerichts.

„Okay. Tico, fang schon mal mit Griffins Finanzen an. Adam und ich werden uns über Verwandte, Bekannte und mögliche Feinde informieren und recherchieren. Und Max? Sobald er fertig ist, kann er sich die Telefondaten vorknöpfen." Asustín war einverstanden und machte sich wie sein Boss und dessen Berater an die Arbeit.

Coon stellte seinen Stuhl direkt neben Grants. „Und wirst du mir erzählen, wie die Entschädigung heute Abend aussieht? Vorspiel, Rollenspiel, Fesselspiel, Peitschenspiel? Einfach nur hemmungsloser Sex? Oder doch der altbewährte Trick mit dem Eiswürfel?", fragte er lasziv.

„Ernsthaft?", Grant schaute ihn schief an.

„Ich hätte auch Schlagsahne anzubieten."

„Adam, ich arbeite."

Verspielt konterte er: „Ich doch auch."

Coon starrte minutenlang Löcher in die Luft, bis er aufsprang und rief: „Das alles ist mir nicht ganz koscher!"

„Nicht ganz koscher?", hakte O'Connor nach.

„Na hören Sie mal! Ein Mordfall im Klärwerk. Würde man es sich bildlich veranschaulichen wollen, würde man einen maskierten Mann mit Revolver neben einem Chlorbecken zeichnen. Wäre es ein Musical, dann würde man es „Der Tod im Klärwerk" nennen. Das, was dort auf Wards Island passiert ist, war doch viel zu viel Aufwand für zu wenig Hirn."

„Wie meinen Sie das?", wollte Asustín wissen.

„Na ja, wer in einer Kläranlage arbeitet, hat es ja nicht wirklich weitgebracht. Oder braucht man heutzutage einen Doktor, um sich um die Scheiße anderer Menschen zu kümmern?" Die Detectives schauten ihn verdattert an. O'Connor fand als erster seine Stimme wieder. „Ich zerstöre ja nur ungern Ihre Vorstellung eines Maschinisten und dessen Aufgaben, aber mit Ihrer Auffassung liegen Sie vollkommen falsch. Einer wie Griffin kümmert sich um die Wartung und Instandhaltung der Filter und Turbinen, dafür muss man mindestens einen College-Abschluss haben."

„Hm, äußerst interessant", meinte Coon geistesabwesend. Indessen O'Connor redete, hatte er sein Telefon gezückt und

tippte nun darauf herum. „Uh, Claires Oma hat Kuchen geba-
cken. Ich glaube, ich gehe dann mal."

„Adam", Grant warf ihm einen vielsagenden Blick zu. Coon
winkte im Gehen ab. „Gut, aber glauben Sie ja nicht, dass ich
es Ihnen später noch *erzählen* werde." Unverhofft blieb er stehen und machte auf dem Absatz kehrt. Er guckte sie perplex
an. Asustín und O'Connor, die sichtlich verwirrt waren,
schauten zwischen den beiden hin und her. Coon zwang sich
ein Lächeln auf. „War doch nur ein Scherz", meinte er und
ging in den Pausenraum.

Strahlend wie ein Honigkuchenpferd kam er mit einer
dampfendheißen Tasse Kaffee zurück.

„Haben Sie dort drin Goofy getroffen oder warum das breite
Grinsen?", spottete Asustín.

„Nein, aber ich habe die neue, bessere Kaffeemaschine entdeckt. Außerdem habe ich Angst vor Goofy. Was bedeutet,
ich wäre da schreiend hinausgerannt."

„Hätten Sie Angst vor der Bestie aus Die Schöne und das
Biest, okay. Aber Goofy?"

„Ja! Pluto finde ich niedlich, aber Goofy. Nein, irgendwo
muss ich Grenzen ziehen."

Es war spätabends, als sich das Team in einem der Neben-räume versammelte, um die Ergebnisse zusammenzutragen. Detective Asustín erzählte, dass er weder verdächtige Finanz-transaktionen noch Miesen entdeckt hätte. Detective O'Con-nor hingegen referierte über Nummern, auf die er bei der Überprüfung der Telefondaten immer wieder gestoßen wäre. Laut Rückverfolgung stammten sie alle aus der Bronx. Detec-tive Grant knüpfte darauf an und meinte, dass sie sich mit den Anschriften der Freunde und Bekannten decken würden. O'Connor fügte hinzu, dass Griffin oft nach Wisconsin telefo-niert hatte. Coon hatte lässig am Türrahmen gelehnt, als er sagte, es handle sich dabei um die Eltern des Opfers. Auf die Frage, ob es bedenkliche Anrufe, E-Mails, SMS oder Faxe gäbe, blätterte O'Connor kopfschüttelnd seine Notizen durch.

„Lieutenant Grant, wunderschön sehen Sie heute wieder mal aus", selbstgefällig wie er war, stolzierte der Gerichtsdie-ner des Strafgerichts auf das Team zu.

„Mo, was machst du denn zu so später Stunde hier?"

„Dolph hatte keine Zeit, selbst vorbeizukommen und dir das hier zu übergeben." Er zog aus seiner Innentasche ein hell-braunes Kuvert und reichte es Grant.

„Wer ist Dolph? Und wer sind Sie?", fragte Coon.

Der Gerichtsdiener hielt ihm die Hand hin. „Mortimer Seymor. Gerichtsdiener von Richter Rudolph Sena. Ich muss dann auch weiter. Auf dem 12ten wartet noch jemand sehnlichst auf einen Unterlassungsbeschluss." Seymor klopfte Coon freundschaftlich auf die Schulter und ging.

06. November, 2015.

Grant war am Abend zuvor nach Long Beach zu Coon gefahren. Jetzt, als sie in ihrem nicht gekennzeichneten Crown Victoria saßen auf dem Weg nach Port Morris in der Bronx, dachte Grant zurück an die letzte Nacht. Ihre Mundwinkel hoben sich in einem schwachen Lächeln. Kurz schaute sie zu ihrem Partner, der gedankenverloren aus dem Fenster blickte und die Taxis beobachtete. Dann wurde ihre Miene wiederholt ernst. Es gab noch etwas anderes, was sie beschäftigte. Eine Frage. Eine simple, gleichzeitig jedoch komplexe Frage. Sie stand einfach so im Raum, wie eine Kiste in einer Lagerhalle. Ohne dass es in den vergangenen zwei Tagen zur Debatte kam, war es doch irgendwie immer präsent. Was war das zwischen ihnen? Kollegiale Partnerschaft mit gewissen Vorzügen, wie Coon es gestern genannt hatte, nur um sie aufzuziehen.

Vor Griffins Haus angekommen, stieg Grant aus und schlurfte zu ihrem Team.

„Lange Nacht hinter dir?", fragte O'Connor schelmisch.

„Ja", bestätigte sie. Der doppelte Espresso hatte anscheinend ihre Gehirnzellen wachgerüttelt, aber ihre Muskeln total vernachlässigt. Einen kurzen Besuch abgestattet, gekitzelt.

„Du solltest deinem Liebhaber mal Manieren beibringen. Ein Detective dazu noch ein Lieutenant muss hellwach sein."

„Ich denke, Melindas Liebhaber ist manierlich genug", verteidigte Coon sie und indirekt auch sich selbst.

„Wie kommt's eigentlich, dass *ihr* beide in einem Auto *heil* hier angekommen seid?", wollte Asustín wissen.

„Wie kommt es, dass ausgerechnet *Sie* noch immer mit Alexa liiert sind?"

„Wie kommt's, dass Sie selbst mit einundvierzig immer noch der Casanova und nicht zum Beispiel der liebende Ehemann sind?"

„Nicht so voreilig, Detective. Ich kann auch beides sein", hielt Coon gegen.

„Sie sind wieder verheiratet? Seit wann?", fragten O'Connor und Asustín.

„Und vor allen Dingen mit wem?", äußerte Grant empört.

„Tja, sie ist wunderschön, hat Charme und Witz. Sie ist schon immer Teil meines Lebens und ist mit mir zusammen sehr erfolgreich an der Wall Street." Fragende und ein etwas zorniger Blick ruhten auf dem Unternehmer. „Wir haben sogar Kinder!" Grants Augen weiteten sich und ihre Nasenflügel blähten sich auf. „Ihr Name lautet Geschäftssinn, und unsere Kinder heißen *COON Company* und *COON Investments*. Alles klar soweit? Könnten wir jetzt endlich das Haus durchsuchen?" Er wartete erst gar nicht auf eine Antwort, sondern ging einfach auf das Haus zu. Die Detectives folgten ihm bis zur Haustür. Die, wie sie feststellen mussten, einen Spalt weit offenstand. Grant gab verschiedene Handzeichen, bevor sie ihre Waffe zog.

„Psst", kam es plötzlich von O'Connor, „meine SIG Sauer, ich hab' sie bei Dana vergessen." Coon rollte mit den Augen und drückte ihm eine Walther-PPK in die Hand. „Und was ist mit Ihnen, Adam? Jetzt haben Sie keine Pistole mehr." Kaum sprach er es aus, da hatte Coon schon eine neue Waffe parat. „Wieso, um Himmels willen, hat der mehr Ausrüstung als wir?", knurrte Asustín Grant an.

„Wer weiß", antwortete sie. Dann drückte sie leise und bedacht die Haustür auf. Asustín und O'Connor suchten das Erdgeschoss ab, während Grant und Coon das Obergeschoss durchkämmten.

Nachdem die Detectives alle Räume gesichert hatten, fanden sie sich im Wohnzimmer zusammen.

„Wo bleibt mein Anhängsel?", fragte Grant. Wie aufs Wort schrie Coon durch das gesamte Haus. Die Detectives sprinteten die Treppen hinauf und erspähten ihn im Schlafzimmer.

„Adam, was ist los?"

„Ihgittigittigitt!", jaulte dieser. „Bundfaltenhosen aus den 80ern!" Theatralisch trat er aus dem Kleiderschrank und drehte sich zu seinen Kollegen um, hielt das Übel hoch.

„Gott, Adam! Schrei nicht rum, wenn's nichts zum Schreien gibt", nörgelte Grant. Coon winkte ab und nuschelte irgendetwas, währenddessen er weiter Griffins Kleidung durchwühlte. „Aha", sagte er, „seine Arbeitsuniform und sein Ausweis vom Department of Environmental Protection." Coon zog eine grün-blaue Arbeitsmontur aus dem Schrank.

„Nichts Neues. Was jetzt?", fragte O'Connor.

„Adam und ich werden nach Brooklyn fahren und uns vor Ort ein Bild von der Lage machen. Und ihr zwei werdet zurück aufs Revier fahren und ebenfalls überprüfen, ob es irgendwelche Differenzen zwischen unserem Opfer und dem DEP gab", ordnete Grant an.

Der Fahrstuhl kündigte sich mit demselben nervigen Pling an wie der auf dem Revier.

„Und du denkst wirklich, dass du das kannst?"

„Klar", meinte Coon. „Wieso sollte ich nicht? Nur weil ich erst Bens Frau und dann seine Tochter durchgenommen habe?"

„Du scheust auch vor nichts zurück, was Frauen angeht, oder?", lachte Grant.

„Na ja, dagegen kann man nichts ma - hallöchen", sagte Coon und schaute einer jungen Brünetten hinterher.

„Augen nach vorn, Adam. Es wird nicht auf fremde Ärsche gestarrt", fauchte Grant.

„Ich dachte, wir benehmen uns auf Arbeit wie vor drei Jahren. Ich grabe alles Weibliche auf zwei Beinen an, und du erledigst den Polizeikram."

„Ja, schon ... Darüber haben wir noch gar nicht gesprochen."

„Noch nicht, aber du wolltest, um genau zu sein sogar heute."

„Woher?"

„Heute Morgen, als du dachtest, ich schlafe noch, habe ich dich in Wahrheit beobachtet. Wie du aufgestanden bist, dir einfach mein Hemd geschnappt hast, duschen gehen wolltest, aber vorher noch etwas in dieses Heft geschrieben hast", er hielt ihr ein schwarzes Moleskine-Buch vors Gesicht. Grants

Mund klappte auf und wieder zu, blitzschnell entriss sie das Heft Coons Fingern. „Um mich zu erklären", begann er, „ich habe es mir bloß durchgelesen, weil es schon Fälle gab, in denen meine Bettgeschichten Notizen zu unserer Nacht gemacht haben und diese dann dem Ledger weiterreichten. Klar, die Artikel haben mir geschmeichelt, trotzdem will ich so etwas vermeiden."

„Und du bist davon ausgegangen, dass ich wie eins deiner Betthäschen bin?", missbilligend guckte sie ihn an.

„Nein, in keiner Weise. Ich wollte nur sichergehen. Als ich dann bemerkte, *Adam klarmachen, dass wir auf Arbeit unsere gestörte, skurrile Detective-Berater-Beziehung fortführen. Nicht mehr und auf keinen Fall weniger (Zwinker-Smiley)*, lediglich eine Erinnerung ist, war das Thema für mich gegessen."

Grants Blick und ihre Muskeln entspannten sich allmählich.

„Du bist ein kleiner Wichser, weißt du das?"

Coon grinste verschlagen. „Wie bereits erwähnt, dagegen kann man nichts unternehmen." Er nahm ihre Hand in seine. Dies war wohl nicht von Vorteil gewesen, denn Grant schlug ihm die Idee gleich wieder aus dem Kopf. Buchstäblich. Er bekam einen Schlag auf den Hinterkopf. „Lass das!"

„Au! Ich vergaß, unsere gestörte Beziehung."

„Nicht zu vergessen, skurril."

„De toute façon." Auf jeden Fall.

Bewaffnet mit einem Kaffee in der Linken und ihrem Telefon in der Rechten, saß Grant wartend auf einem der freien Stühle. Unterdessen lief Coon ungeduldig vor ihr her, ständig murmelte er etwas vor sich hin, es klang wie ein Mantra. „Adam." Er blieb stehen und schaute zu ihr. „Hör auf."

Nach wenigen Minuten, stellte sich Coon erneut vor Grant und fixierte sie mit seinem Blick. „Was ist?", fragte Grant gereizt. Coon machte keine Anstalten etwas zu sagen, also wiederholte sie ihre Frage. Diesmal zuckte er mit den Achseln. Grant widmete sich wieder ihrem Telefon. Doch sie hatte wiederholt die Rechnung ohne Coon gemacht, der ihr das Ding wegschnappte. „Hey!", meckerte sie.

Coon schaute sie entschuldigend an, guckte dann aber nach rechts. „Schau mal da", sagte er und warf ihr das Telefon zu, ehe er im Büro von Damian Kingsley, dem Captain des New Yorker DEP, verschwand. Wütende Blicke erwarteten ihn. Ein Mann Mitte vierzig schlug mit der Faust auf den Eichenholztisch. „Herrgott nochmal, das ist eine private Besprechung!"

„Das kann ich doch nicht wissen, die Tür war zu", rechtfertigte Coon. Er musterte die beiden anderen Männer. Ebenfalls Mitte vierzig, in Hemd und Krawatte. Parallel stapfte eine fuchsteufelswilde Grant in das Büro. „Verärgere mich einmal und schäme dich. Verärgere mich zweimal und es gibt deine Eier im Glas."

„Lieutenant Grant, was hat das zu bedeuten?", fragte Captain Kingsley, ein guter Freund von ihr. Einer der anderen zwei Männer richtete sich auf und ging auf Coon zu. „Adam, lange her. Schön, wie du mir meine Ehe zerstört hast."

„Ach, komm schon, Ben. Du musst doch zugeben, jeder hatte was davon. Jeder außer dir", beschwichtigte er Benjamin Roe, Chief of Departments.

„Meine Familie und ich haben uns seit vier Jahren nicht mehr gesprochen. Meine Frau ist weg. Meine Tochter ist weg. Was mir bleibt, ist mein Loft und der Strip-Club, drei Blocks weiter."

„Ich weiß nicht, was ich sagen soll", Coon tat überrascht.

„Außer, dass ich ein Schlitzer bin, und du eine männliche Hure. Ich bin klug, du bist dumm. Ich bin groß, du bist klein. Ich habe Recht, du hast Unrecht. So ist es, so war es, so wie ich hier stehe."

„Soll ich dir jetzt einen Orden verleihen?"

„Nein, den kannst du dir doch gar nicht leisten. Schau dich doch an, wie du herumläufst. Siehst aus wie ein Lumpensack mit deiner zerknitterten Kleidung. Weißt du was, ich gebe dir einen gutgemeinten Rat. Statt acht Jahre Fitnessstudio, lieber vier Jahre Grundschule. Wäre nicht schlecht gewesen, huh?", grinste Coon selbstgefällig und höchst impertinent. Danach ließ er seinen Blick durch das Büro schweifen und ignorierte die anderen gekonnt. Er bleib an etwas hängen, augenblicklich wandte er sich zu Kingsley. „Sie haben ein Aquarium?"

„Ja", antwortete dieser stutzig.

„Ich liebe Fische, ich könnte ihnen nie etwas antun. Außer bei Sushi, da werde ich zum Massenmörder", gestand Coon.

Chief Roe hatte inzwischen seine Jacke übergezogen und verabschiedete sich mit einem stummen Nicken.

„Nun gut", räusperte sich Kingsley. „Jetzt, da Roe weg ist, was kann ich für Sie tun, Melinda?"

„Wir hätten ein paar Fragen zu einem Ihrer Mitarbeiter."

„Geht es um die Sache auf Wards Island?", fragte Ron Mahoni, der Chief of Detectives.

Grant nickte bestätigend. „Konkret um Salazar Griffin."

„Um Griffin? Ich hätte ja auf Leonard Cruz getippt, aber -"

„Moment, Sie wissen die Namen der restlichen Opfer, Chief Mahoni?", hakte Coon nach.

„Durchaus."

„Und wären Sie bereit dazu, uns die Namen zu geben?"

„Sehe ich so aus, als wollte ich die Justiz behindern?", fragte Mahoni gegen. Die Mordermittlerin lächelte zufrieden und zückte Stift und Notizblock.

„Wir hätten zum einen Zack Martins, Chemikant. Dann Norman James, er war Fachkraft für die vollbiologische Kläranlage. Lucas Newman, chemisch-technischer Assistent im Labor. Dann war da noch Tim Byron, genau wie Griffin Maschinist. Der einzige Unterschied, Byron wurde nicht vom DEP beschäftigt. Nicht zu vergessen Chris Howard, einer unserer Fachkräfte für die Abwassertechnik, zwar erst seit ein paar Monaten, aber trotzdem ein sehr effizienter Arbeiter. Und zu guter Letzt, euh, Damian, wie hieß er noch gleich?"

„Wer?"

„Keine Ahnung, deshalb frage ich dich ja."

„Ich werd' MacLain zitieren. Soll die in der Kartei nachschauen."

Kurze Zeit später betrat eine junge Brünette, die den Ermittlern schon einmal begegnet war, den Raum. Sie reichte Kingsley eine Liste und stellte sich neben ihn. MacLain starrte Coon an, ja fraß ihn beinahe mit ihren Blicken auf. Sabberte förmlich vor Lustbegierde. Grant musterte sie einen Moment lang streng. Sah wie MacLain ihrem Freund und Partner, Coon, sinnlich den Hals entgegenstreckte und den Effekt noch mit einer Handbewegung verstärkte. Diese Geste, so hatte ihr es Coon damals, vor drei Jahren, bei dem Dinner erklärt, bedeutete bei einer Frau nichts anderes als: Komm her, du wirst schon sehen, was du davon hast.

Kingsley ging immer noch mit Mahoni die Liste durch. Grant wandte sich wieder der jungen Frau zu. „Miss, wir alle waren mal single, das macht uns aber nicht gleich zu Schlampen. Vor allem nicht bei *dem* da", platzte es aus ihr. MacLain war erschrocken, und Coon überrascht. Selbst der Chief und der Captain sahen erstaunt von der Liste auf. MacLain huschte mit gesenktem Kopf aus dem Büro.

„Aha!" Mahoni legte das Blatt Papier auf den Eichenholztisch und tippte mit seinem Finger auf einen der Namen. „Da haben wir ihn doch. Leiter der internen Revision, Diego Garcia. Der Kerl war in meinen Augen nicht gerade die hellste Kerze auf der Torte, aber nachdem sein Vorgänger plötzlich ausgeschieden war, haben wir auf die Schnelle keinen besseren Ersatz beziehungsweise Nachfolger gefunden, der in der Lage ist, als Datenschutz- und Informationssicherheits-Beauftragter zu fungieren."

„Okay. Adam, ruf Max an und sag ihm, er soll mit Ti Informationen zu Garcia raussuchen." Coon nahm sein Telefon und wählte O'Connors Nummer, während er sich von den anderen entfernte.

Ein schmales, dankendes Lächeln umspielte Grants Mund. „Ron, Damian, Sie haben uns wirklich weitergeholfen, vielen Dank."

„Nichts zu danken, Melinda", meinte Kingsley.

„Aber werfen Sie ein Auge auf Mr. Casanova, passen Sie auf ihn auf", ergänzte Mahoni.

„Sir, ich glaube, ich verstehe -"

„Alles klar, die Jungs haben eh nichts mehr zu Griffin gefunden", verkündete Coon und blieb neben Grant stehen.

„Also dann", Kingsley erhob sich zum Abschied aus seinem Chefsessel.

„Wie gesagt, Melinda, passen Sie auf ihn auf", wiederholte Mahoni.

Irritiert fragte Coon an Grant gerichtet: „Was meint er damit?"

„Ach, kommen Sie, Adam", sagte Mahoni. „Beim Pokern ... Da sind Sie ein riesiger Schwindel mit 'nem Knackarsch in der Windel, meint meine Frau immer. Und das stimmt auch, bis auf das mit Ihrem Gesäß - eventuell."

„Ich fasse das als Kompliment auf", lachte Coon und legte einen Arm um Grants Taille, damit er sie aus dem Büro hinausführen konnte.

KAPITEL DREI

Die kleinen Stücke in den Topf und die großen steckst du dir in den Mund?", fragte Grant, währenddessen sie Coon vom Sofa aus beobachtete, wie er das Gemüse kleinschnitt.

„So wie du. So wie du es am liebsten machst", antwortete er dreckig grinsend.

„Leck mich, Adam", sagte sie mit erhobenem Mittelfinger.

„Dann komm her."

Grant lachte. „Ich geh' jetzt duschen."

„Darf ich mit?"

„Nein, du hast dich gefälligst um das Essen zu kümmern." Sie ging ins Badezimmer und schloss die Tür hinter sich.

„Wären wir bei mir, dann würde das jetzt einer der Köche übernehmen", rief Coon. Kopfschüttelnd stieg Grant unter die Brause und ließ das heiße Wasser auf ihre Schultern prasseln.

Nachdem sie fertig war, zog sie sich ihren Bademantel über, trocknete schnell ihre Haare und ging danach ins Wohnzimmer, wo Coon gerade das Essen anrichtete.

„Hey, lass uns das Essen doch mit ins Schlafzimmer nehmen. Im Bett schmeckt es sicherlich viel besser", schlug sie vor.

„Du weißt schon, Essen im Bett lockt Ameisen an."

„Du bist dumm."

„Dumm ist der, der Dummes tut", konterte er schlagfertig.

„Das hast du aus einem Film zitiert, nicht wahr?" Coon nickte. „Und wie hat Alexa gesagt? Ach ja, genau. Du bist wie zwei Kinder."

„Meh, ihre Meinung. Aber können Kinder auch so sexy sein in einer rosa, spitzenbesetzten Schürze?", fragte Coon und wedelte mit einem der Schürzenschnüre. Grant versuchte, ihr Kichern zu unterdrücken, indem sie seine Gemüselasagne kostete. Sie quittierte Coons Kochkünste mit einem glücklich gestimmten Gesichtsausdruck und aß genüsslich weiter.

Er wollte gerade abräumen, da umfasste Grant sein Handgelenk mit der stummen Bitte, das Geschirr wieder abzustellen. Coon begriff allmählich, was hier vor sich ging und folgte der Bitte. Er griff nach ihrer anderen Hand und zog den Blondschopf zu sich hoch. „Was haben Sie als Nächstes vor, Lieutenant? Wollen Sie mich festnehmen aufgrund verboten guten Aussehens?"

„Nein, ich hätte da nur eine Frage an Sie, Mr. Coon."

„Und die wäre?"

„Darf ich Sie heut Nacht beglücken, Sir?"

„Hört sich etwas eklig an, aber doch wirkungsvoll", wisperte er mit rauer Stimme in ihr Ohr. Grant nahm ihn mit ins Schlafzimmer, schubste ihn aufs Bett und verschwand im Badezimmer. Kurz darauf stand sie bekleidet mit einem schwarzen Dessous im Türrahmen und sagte verführerisch: „Oh, Adam." Doch was sie sah, verpasste ihrer Stimmung einen mächtigen Dämpfer. Coon lag, alle Viere von sich gestreckt, auf dem Bett und schnarchte seelenruhig vor sich hin. Seufzend ließ sie sich neben ihm nieder und versuchte selbst zu schlafen.

07. November, 2015.

Die ersten Sonnenstrahlen kitzelten Grant wach, widerwillig schlug sie die Bettdecke beiseite und richtete sich auf. Schlaftrunken rieb sie sich die Augen. Es war Samstagmorgen, sieben Uhr. Ungewöhnlich, dass zu dieser Jahreszeit bereits die Sonne aufging. Während mancher Erwachsener sich ausschlafen konnte, musste sie arbeiten. Ungerecht, dachte der Lieutenant. Sie begab sich in die Küche und schenkte sich Kaffee ein. Coon kam aus dem Wohnzimmer und gesellte sich zu ihr. „Was empfiehlst du jemandem, der in den frühen Morgenstunden sportlich aktiv war, indem er joggte und sich Cardio- und Pilates-Training unterzog?", fragte er und fuhr sich durchs Haar.

„Eine Dusche", entgegnete sie ihm und trat auf ihn zu. Sie umarmte ihn und vergrub ihre Nase in seinem T-Shirt. „Gott! Du solltest wirklich dringend duschen gehen."

„Hey, das ist hart verdienter Schweiß. Vier Stunden Training." Grant verdrehte die Augen. „Gut, ich gehe ja schon, aber nur, wenn du mitkommst, Mellybelli."

„Ich hab' dir schon damals verboten, mich so zu nennen!"

„Wie heißt es so schön? Das frühe Vögeln entspannt den Wurm. Nicht wahr, Mellybelli?"

„Erstens hör auf, mich so zu nennen. Und zweitens heißt es: Der frühe Vogel fängt den Wurm", erklärte sie.

„Läuft doch beides auf dasselbe hinaus. Du bist der Vogel und fängst meinen Wurm", kicherte er und deutete dabei auf seine Leistengegend. Grant schüttelte den Kopf. „Oh, verstehe. Ich soll wohl kein schönes Leben führen", schmollte er und drehte sich von ihr weg.

„Hab dich nicht so", sagte sie und lenkte auf das nächste

Thema. „Noch was anderes. Auf dem Revier sollten wir uns noch mehr ins Zeug legen, noch mehr in die Offensive gehen. Mehr dämliche Sprüche deinerseits, mehr Keifereien meinerseits."

Coon drehte sich zu ihr. „Ich finde, wir haben überzeugend gespielt", meinte er.

„Schon, aber ich bezweifle, dass wir es *so* ewig vor den anderen geheim halten können. Vor allem nicht, wenn *vor den anderen* Tico und Maxwell bedeutet."

„Du hast Recht, aber ich will mir jetzt keine Gedanken über die Arbeit machen. Ich hätte da eine viel bessere Idee. Immerhin habe ich die Misere von gestern Abend wiedergutzumachen", antwortete er grinsend und legte seine Lippen auf die der blonden Schönheit. Er strich mit seiner Zunge über ihre Unterlippe, und sie gewährte ihm Einlass. Ihre Zungen fochten einen heftigen Kampf aus. Der Kuss wurde immer leidenschaftlicher. Coon hob sie hoch. Automatisch schlang sie ihre Beine um seine Hüften. All das machten sie, ohne den Kuss zu unterbrechen.

Als die beiden auf dem 17ten ankamen, stürmte ein aufgewühlter Asustín auf sie zu. „Gerade war Moreno bei Max und mir. Sie meinte, irgendein Futzi von 'ner anderen

Behörde kommt hierher und will uns den Fall abnehmen."

„Wieso?", wollte Grant wissen, während sie zu ihrem Schreibtisch ging.

„Frag mich nicht. Der Drache wollte und konnte mir auch nicht mehr sagen."

„*Der Drache*?", fragte Coon.

„Nach der Sache, die der Captain mit Ihnen abgezogen hat, haben Ti und ich sie als Drachen gekürt", erklärte O'Connor.

Sie alle - Grant, Asustín, O'Connor und Coon - standen vor den Smartboards. „Vielleicht ist es doch gar nicht so schlimm, dass man uns von dem Fall abzieht", meinte Asustín.

„Wir haben innerhalb achtundvierzig Stunden rein gar nichts herausgekriegt", grummelte sein Partner.

„Das sieht aber nicht nach nichts aus", mischte sich Grant ein. Völlig abwesend und aus dem Kontext gerissen, fragte Coon: „Riechen Sie das auch?"

„Nein", antwortete Asustín.

„Dieser Geruch. Dieser beißende Geruch nach billigem Aftershave und einem schlechten Haarschnitt. Das riecht nach Bultcher!" Wie aufs Wort stand ein Mittdreißiger im grauen Dreiteiler und raspelkurzem Haar vor ihnen. „Hi, ich bin Agent Jacob Bultcher vom Federal Bureau of Investigation.

Ich sehe hier den Wards Island Fall, dann müssen Sie wohl die Detectives Asustín, O'Connor, Grant und?.."

„Kommen Sie, Bultcher. Als würden Sie mich nicht mehr kennen", tadelte ihn Coon.

„Leider Gottes, doch", beichtete der Agent.

„Sie?", fragend schaute Grant sie an.

Der Agent und der Berater nickten. „Wir haben vor einigen Jahren miteinander zu tun gehabt, zusammengearbeitet."

„Mehr oder weniger", fügte Bultcher hinzu.

„Wollen Sie wissen, was ich mal mit dreiundzwanzig getan habe? Ich war mit ein paar Kommilitonen unterwegs gewesen - betrunken", erzählte Coon stolz, „als wir auf einmal eine Ausschilderung zum FBI sahen. Wir hielten an, ich stieg aus und schrieb mit Permanentmarker an das Schild: Federal Boobie Inspector!"

Grant legte eine Hand auf seine Schulter. „Lass gut sein, Adam. Und zurück zu Ihnen, Agent Bultcher. Warum wollen Sie uns vom Fall abziehen?"

Bultcher schüttelte abstreitend den Kopf. „Nein, wir wollen Ihnen den Fall keineswegs entziehen. Ich bin hier, um den Fall und zwei von Ihnen mit nach Washington D.C. zu nehmen."

„Wieso?", hakte Asustín nach.

„New York City ist kein Einzelfall. Es kam schon zu insgesamt vier dieser Fälle in ähnlicher Weise. Der jüngste Anschlag erfolgte gestern in Dover, Delaware."

„Das Mitkommen übernehmen dann wohl Max und ich", meinte Asustín.

„Von mir aus", stimmte Grant zu und blickte fragend zu Coon, der mit einem Nicken ebenfalls zustimmte. Die zwei Detectives fassten sich an den Händen und sprangen aufgeregt hin und her. „Wir fliegen nach D.C! Wir fliegen nach D.C!", riefen sie immer wieder.

„Meine Fresse, Sie beide sind ja schlimmer als eine Gruppe Jugendlicher auf einem Justin Biber Konzert", spottete Coon. Bultcher räusperte sich. „Also prinzipiell hätte ich auch nichts einzuwenden. Wäre da bloß nicht der Chef meines Vorgesetzten, der explizit nach Melinda Grant und ihrem Berater verlangt." Die zwei Detectives stöhnten traurig auf und setzten sich an ihre Schreibtische.

„Na gut. Wann geht unser Flug?" Bultcher zuckte mit den Schultern. „Sie müssen doch wissen, wann wir fliegen", entgegnete Grant.

„Nun ja, ich befürchte, bei dem Sturm, der aufzieht, werden wir heute nicht mehr fliegen."

„Welcher Sturm? Es war pupstrocken, als ich hier ankam",

konterte Coon und lief zur Fensterfront, die auf die einundfünfzigste East zeigte. Auf der Straße war wie immer viel los, auch sonst schien alles normal. Plötzlich klatschte eine Taube gegen die Scheibe. Coon fuhr zusammen, und sein Blick wanderte zur Staatsflagge rechts von ihm. „Ah ja, der Sturm", meinte er schließlich.

„Sobald das Sturmtief vorbeigezogen ist, können wir aufbrechen. In der Zwischenzeit sind Sie vier freigestellt. Es gibt eh nichts zu tun, solange wir hier festsitzen."

„Wir können doch aber weiterermitteln", warf O'Connor ein.

„Das FBI vermutet ein Muster", erklärte Bultcher, „laut diesem dürften unsere Täter als Nächstes in D.C. zuschlagen. Was bedeutet, sie sind längst nicht mehr in Dover und erst recht nicht in New York."

„Wie kommen Sie darauf, dass es mehrere Täter sind?", hakte Asustín nach.

„Weil unsere Opfer entweder niedergeschlagen oder zerhäckselt wurden. Und da es immer drei bis zehn Opfer waren, ist es eher unwahrscheinlich, dass nur ein Einzelner an der Tat beteiligt war."

„Logische Konsequenz", nickte Coon und zog sich seinen Mantel über.

„Wo willst du hin?", fragte Grant.

„Ich weiß zwar nicht, was *Sie* das angeht, aber ich werde einen Abstecher zu *COON Investments* machen und danach zu Claires Oma fahren." Damit verabschiedete er sich.

„Gut, ich werd' mich dann auch mal auf die Socken machen, im Hotel einchecken et cetera." Somit war Bultcher fort.

Kurz darauf gingen auch O'Connor und Asustín.

Später, am Abend, fuhr Coon nochmal aufs Revier und fand Grant an ihrem Schreibtisch vor. „Ich habe Fleischabfälle in zwei billigen Brötchen mit verfallenem Senf, und was hast du?", fragte er, während er die zwei Hotdogs auf ihrem Tisch platzierte und sich setzte.

„Einen ungefähr dreißig Zentimeter hohen Stapel an Akten, der nur darauf wartet, bearbeitet zu werden."

„Können wir trotzdem nach Hause? Es ist schon spät." So sehr sie ihn auch liebte, aber manchmal konnte er sie wirklich nur aufregen. „Ich hab' dir doch gerade eben gesagt, dass ich Aktenarbeit zu erledigen habe."

„Auch wenn du frei hast?"

„Ja. Du könntest mir helfen, damit ich schneller fertig werde, und wir Heim können."

„Meh, so eilig habe ich es dann doch nicht. Außerdem, bist du der Cop oder bin ich es?", schmunzelte er provozierend.

„Du bist der Möchtegern-Cop." Da waren sie wieder, diese kleinen Wortgefechte zwischen den beiden.

Coon wollte endlich hier weg. Langsam hatte er auch einen Plan, wie. Er schaute sich kurz um, damit er sich sicher war, ungestört zu sein. Dann lehnte er sich in seinem Stuhl vor und küsste sie lang, innig. Ein Kuss, der nur so vor Sehnsucht triefte. Eines der Dinge, bei denen Grant nicht widerstehen konnte. „Ich … N-na gut, gehen wir", nuschelte sie zwischen den Küssen.

„Endlich!" Coon stand auf und sah auf Grant herab, die total perplex dreinschaute, bis es ihr dämmerte.

„Oh, das wirst du mir büßen", zischte sie.

Schalkhaft lächelte er sie an. „Du kannst dir gar nicht vorstellen, wie sehr ich mich darauf freue."

„Freu dich lieber nicht zu früh."

Coons Blick verfinsterte sich. „Arg! Jetzt kommt bestimmt gleich so etwas wie: Ich gehe hier nämlich nicht eher weg, bevor diese Akten nicht weg sind. Obwohl ich gerade gesagt habe, dass wir gehen", versuchte er sie mit einer relativ guten Stimmenimitation nachzuäffen.

„Genau", erwiderte Grant und nahm einen Bissen ihres Hotdogs. „Mh, warte … Ist das ein neues Einstecktuch?", sie kaute fertig und zeigte auf die Brusttasche von Coons Sakko.

„Ja, das hat Claires Oma für mich selbstgemacht, weil ich ihrer Enkelin ein so guter Arbeitgeber bin."

„Selbstgemacht?" Grant war beeindruckt und betrachtete das Stickmuster erneut. „Mann, die Lady hat echt Talent."

„Sie ist wie die Omi, die ich nie hatte." Neugierig schaute Grant den Unternehmer an. „Erkläre ich dir ein andermal."

„Was so gut wie nie passieren wird.

„Wie darf ich das verstehen?"

„Du wolltest mir damals den Witz, über den du und die Jungs so gelacht habt, beim Dinner erzählen, hast du aber nicht. Daher hab' ich auch dieses Mal keine allzu hohen Erwartungen."

„Okay, eins nach dem anderen. Erst der Witz, dann meine Familienkomplexe." Er beugte sich zu ihr. „Der folgende Text ist hochgradig geschmacklos."

„Ich werd' dir schon nicht den Kopf abreißen. Höchstens Sexverbot erteilen."

„Toll, da wäre mir das mit dem Kopf tausendmal lieber."

„Mach hinne, Coon. Du bist ja schlimmer als Seth Meyers und David Letterman zusammen."

„Schlechter Vergleich. Ich hätte eher Donald Trump mit mir verglichen."

„Damit du am Ende immer besser dastehst? Verstehe. Komm aufn Punkt, ich will arbeiten."

„Klar, wie nennt man eine Polizistin, die ihre Tage hat?"

„Red Bull", antwortete sie stumpf.

„Woher kennst du den?"

„Vor ein paar Wochen bei einer Befragung. Der Kerl bekam eine ins Maul."

„Verpasst du mir jetzt auch eine?", wollte Coon skeptisch wissen. Grant winkte ab, küsste ihn dafür aber flüchtig.

„Weißt du eigentlich, dass du mit solchen dummen, respektlosen Sprüchen immer wie ein riesiges Arschloch rüberkommst?"

„Natürlich, aber wie ein extrem attraktives noch dazu."

„Das kann man wohl kaum leugnen", sagte sie und zog ihn diesmal in einen langen, heißblütigen Kuss. „Vielleicht komm' ich morgen vorbei", flüsterte sie. Der Unternehmer setzte das erste Mal seit seiner Wiederkehr sein berühmtes und von allen geliebtes *Coon*-Grinsen auf. „Bilde dir darauf ja nichts ein", mahnte Grant. Sie überschlug ihre Beine so, dass ihr Fuß seinem Unterleib gefährlich nah kam. Coon nickte unterwürfig.

09. November, 2015 - *JFK Airport*

„Guten Tag, alle miteinander", grüßte Coon Bultcher und Grant. „Einen Bagel für den FBI-Futzi und einen Kaffee für den Lieutenant. Schwarz wie deine Seele, heiß wie dein Äußeres." Grant boxte ihm gegen die Schulter.

„Schön, dass Sie auch mal hier aufkreuzen, Mr. Coon."

„Ich verbitte mir diesen Ton. Nicht so zickig, Bultcher."

„Ich hab' allen Grund dazu, zickig zu sein. Es sind dreißig Minuten bis zum Boarding. Und sehen Sie die Schlange dort am Check-In? Das sind über hundert Leute! Da kommen wir nie rechtzeitig dran." Coon hob beschwichtigend eine Hand und meinte: „Außer man erschläft sich die Freikarte Schnelles-Durchkommen."

Bultcher warf Grant einen beunruhigten Blick zu. „Er knüpft nun mal gern auf spezielle Art und Weise Kontakte", erläuterte sie. Bultchers Mund klappte wie bei einem Fisch auf und zu. Danach schnappte er sich seine Reisetasche und schloss sich Grant und Coon an, die sich einfach an den anderen Fluggästen vorbeidrängelten.

„Warum hast du eigentlich kein Gepäck?", fragte Grant und versuchte, so gut es ging, die zornigen Protestrufe ihrer Mitmenschen zu übertönen.

„Das, meine Liebste, wirst du noch früh genug erfahren."

Endlich waren die drei am Anfang der Schlange und somit am Schalter angekommen. „Sir, ich muss Sie bitten, sich ordnungsgemäß hintenanzustellen, hier will jeder drankommen."

„Ich bin aber schon so weit vorgedrungen, nur um dich zu sehen. Soll ich wirklich wieder abtreten und nach ganz hinten gehen? Audrey, ich bitte dich", lachte Coon. Der Service Agent, eine brünette Frau etwa Ende zwanzig, richtete ihren Blick auf und schmunzelte. „Adam Coon, unglaublich, hier auf dich zu treffen."

„Wie klein die Welt doch ist", meinte er und rammte seinem Hintermann den Ellenbogen in den Bauchraum. „Halten Sie mal die Luft an. Sie sehen doch, ich unterhalte mich gerade mit der hübschen Dame." Die Beamtin kontrollierte Pässe und Tickets der drei und ließ sie passieren. Als Nächstes standen ihnen Gepäckkontrolle und Leibesvisitation bevor. Bultcher machte den Anfang. Danach folgte Coon.

„Legen Sie alle metallischen Gegenstände in die Ablage und gehen Sie durch den Metalldetektor", befahl einer der Sicherheitsbeamten. Coon legte Schlüssel, Telefon, Portemonnaie, Uhr und Gürtel in die dafür vorgesehene Plastikschale und trat durch den Metalldetektor. Das Gerät schlug an. „Wenn

Sie bitte nach rechts gehen würden, Sir", wies der Officer an und begleitete den NYPD-Berater. „Taschen ausleeren!" Coon begann mit den Hosentaschen und legte eine Büroklammer auf den Metalltisch neben ihm. Danach öffnete er seinen Mantel und knöpfte sein Jackett auf. Aus einer Innentasche zog er ein Klappmesser. Der Officer, so wie jeder andere um ihn herum, war sprachlos. Coon machte unbeirrt weiter und griff unter sein Jackett. Zum Vorschein kam eine *MP-446 Viking.*

„Warum in aller Welt haben Sie diese Waffen bei sich?", flüsterte Bultcher zischend.

„Ich bin gründlich. Wissen Sie doch am besten, Bultcher", gab Coon genauso leise zurück.

„Das FBI ist immer noch der Überzeugung, Serienkiller Dean Soren hätte meinen alten Boss kaltgestellt."

„Sie, Jacob, kennen die Wahrheit aber auch nur durch den 2006er Maulwurf bei FINK, der es Ihnen damals für 1,5 Riesen gesteckt hatte. Er war ein guter Kerl bis zum letzten Atemzug, bis er unter meinem Auto landete", erzählte Coon.

„Sind Sie dann so weit fertig, Sir?", wurde er gefragt.

„Euh, ja. Nein! Einen Moment noch", meinte er und holte einen Kugelschreiber aus seiner Brusttasche. Genervt griff der Sicherheitsbeamte danach und schmiss ihn mit zu den anderen Sachen aus Coons Taschen. „Hey!", rief dieser. „Ein bisschen achtsamer, bitte."

„Das ist nur ein Kugelschreiber", erwiderte Bultcher.

„Eben nicht! Der „Stift" besteht aus einem Titanium-Gehäuse und einer Spitze aus fünffach gehärtetem Edelstahl, und die Miene ist ein mit Wasserstoffcyanid gefülltes Rohr." War es zumindest einmal. Ein gehütetes Andenken an vergangene Zeiten.

„Woah, nicht so grob", meckerte Grant auf einmal lauthals. Sie schob sich einfach an dem zweiten Officer vorbei und nahm sich ihr Gepäck und ihre Wertsachen aus der Ablage. Noch einmal drehte sie sich zu dem verdutzten Beamten um. „Das nächste Mal etwas feinfühliger. Ich bin eine Lady und kein Auto, Mr. *Betatschen-wir-mal-den-Lieutenant!*"

„Ist der jetzt sauber?", fragte der zweite Officer seinen Kollegen. Doch bevor dieser antworten konnte, sagte Coon: „Ich bin nie sauber, ich bin chronisch versaut. Obwohl, ich bin noch nicht einmal versaut, ich bin moralisch flexibel." Bultcher stöhnte auf, und Grant schlug sich mit der flachen Hand gegen die Stirn, während Coon vor sich hin feixte. Er wollte gerade seine Sachen wieder einpacken, als der erste Officer ihn dabei aufhielt. „Sir, die dürfen Sie nicht mit an Bord nehmen."

„Ich bin Berater des NYPD-Lieutenants Grant und FBI-Agents Bultcher."

„Tut mir leid, Sir, aber solange Sie keine Marke haben, sehe ich mich nicht dazu befugt, Ihnen die Waffen auszuhändigen", belehrte ihn der Officer.

„Solange Sie keine Marke haben, blabla", äffte Coon ihn nach.

„Von 2005 bis 2009. Raten Sie mal wie viele Waffen ich in diesem Zeitraum durch solche Kontrollen geschmuggelt habe ... Viele. Wissen Sie was? Seien Sie glücklich, dass ich kein Attentäter mehr bin. Sonst hätte ich uns jetzt alle aus reiner Wut auf Sie, *Sir*, mit einer Sprengstoffweste oder sonst was für einer Bombe hochgejagt."

„So was sollte man nie zu laut sagen. Vor allem nicht in einem Flughafen, Adam", mahnte Grant und trat zwischen die beiden Männer. „Was Sie angeht, Officer. Um zwei Dinge klarzustellen. Erstens unser Boarding geht in fünfzehn Minuten. Zweitens gehören die Waffen, die Mr. Coon bei sich trug, mir und Agent Bultcher. Was so viel bedeuten soll wie: Geben Sie ihm die beschissenen Waffen zurück, damit wir unseren beschissenen Flug kriegen!", fauchte sie und ging mit Bultcher in die Wartezone von Gate 67.

„Ganz schön klein der Wartebereich, findet ihr nicht auch?", fragte Coon und verwies damit auf die grölende sechsköpfige Familie neben ihm. Grant lehnte sich in seine Richtung und meinte: „So in etwa hattest du vorgestern auch meinen Couchtisch beschrieben."

„Ist aber auch wahr. Ich habe jetzt noch Verspannungen in den Schulterblättern, nur weil du oben sein wolltest", maulte er und zog ein Gesicht.

„Dann nimm 'ne Tablette, aber flenn nicht rum", sie reichte ihm eine und schaute auf die Uhr. Noch zehn Minuten.

Sie drehte sich wieder zu Coon, der gerade die Tablette mit ... einem Flachmann herunterspülte?

„Adam, wie hast du den Alkohol durchgeschmuggelt?", fragte sie aufgebracht.

„Der Typ von der Kontrolle meinte nur, ich solle meine Taschen ausleeren. Wenn er zu blöd dazu ist, eine manuelle Nachkontrolle durchzuführen, bin ich ja wohl am wenigsten schuldig. Und ich hoffe, du bist mit mir einer Meinung, wenn ich sage, dass Taschen und mein Hosenbund nicht das gleiche sind und ... Hey, du kleiner minderbemittelter Hurensohn!", damit meinte Coon einen Jungen der sechsköpfigen Familie, welcher ihm den Flachmann aus der Hand gerissen hatte und nun zu seiner Mutter sprang. Coon stand auf und lief ebenfalls zu der Mutter, machte gute Miene zum bösen Spiel. „Ma'am, ich fürchte Sie müssen ihrem herzerwärmenden Sohnemann noch einmal erläutern, was die Worte Anstand, Respekt und Manieren gegenüber Fremden bedeuten. Er hat mir nämlich soeben -"

„Ihnen Ihren Alkohol entwendet? Obwohl das eigentlich unmöglich sein sollte, da das Einführen von Alkohol, Drogen und anderen illegalen Substanzen an Bord strengstens verboten ist", unterbrach ihn die Frau. „Zu schade, dass wir nicht mehr in Zeiten der Prohibition leben."

„Weshalb, weil Sie zu dieser Zeit geboren wurden?", entgegnete ihr Coon unverschämt.

„Wissen Sie überhaupt, was die Prohibition war?"

„Ich bin zwar Kanadier, aber glücklicherweise lernen wir im Gegensatz zu den USA nicht nur unsere eigene, beschönigte Geschichte in der Schule kennen."

„Sie wissen es also nicht", stellte die Vierfach-Mutter fest.

„Ich weiß es, Mom", meldete sich einer der anderen Söhne. Coon grinste amüsiert und fragte hämisch: „Du Dreikäsehoch weißt das? Na, dann. Erkläre mal, was Prohibition bedeutet."

Der Jugendliche stellte sich selbstsicher vor Coon und verschränkte die Arme. „Prohibition bedeutet nichts Geringeres, als seinen Arsch für Geld hinzuhalten." Er gab seinen

Brüdern und seiner Schwester ein High-five und wirkte siegessicher, während sich Coon vor Lachen kaum noch auf den Beinen halten konnte. Selbst Grant und Bultcher, die das Szenario beobachtet hatten, konnten sich nicht beherrschen. Der Vater der Kinder erteilte seinem Ältesten eine Kopfnuss, widmete sich dann jedoch erneut seiner Zeitung. Coon fing sich wieder einigermaßen. „Das, du Witzbold, wäre Prostitution und durchaus illegal hier in New York." Er schob den Jungen zur Seite und griff sich mit einem stummen Danke seinen Flachmann. Danach setzte er sich wieder neben Grant und schenkte ihr eins seiner *Coon*-Grinsen. Ein schneller Blick auf seine Uhr verriet ihm, noch vier Minuten, dann würde es endlich losgehen.

„Hühnchen oder Pute?", fragte die Stewardess mit dem Speisewagen.

„Was gibt es für Vegetarier?", wollte Bultcher wissen, er saß hinter Coon und Grant.

„Hühnchen", antwortete sie. Der Agent guckte sie verdutzt an und winkte ab, wodurch die Stewardess zu den Nächsten ging. Grimmig erhob sich Bultcher und streckte seinen Kopf vor zu den zwei NYPD-Ermittlern. „Wow, inkompetente Stewardessen in der Business-Klasse, supi!", meckerte er.

„Seien Sie glücklich, dass Adam Sie nicht in die Economy gelassen hat, als er unsere Tickets upgraden ließ", äußerte sich Grant trocken und las weiter in Coons Ausgabe vom tagesaktuellen New York Ledger.

Nach fünfundsiebzig Minuten Flug, Ankunft am DCA und einer viertelstündigen Fahrt kamen die drei mit dem Aufzug im zweiten Stock des FBI-Gebäudes an. „Ah", machte Coon, „das FBI. Ich habe es vermisst." Grant hob eine Augenbraue. „Du warst schon mal hier? Ich dachte -"
„Nein, aber ich habe mir vor vielen Jahren Videos im Internet angeguckt, wie es hier drin aussieht und ... Oh, guck mal!"
Wie ein kleiner Junge sprang er auf und ab. „Die haben wirklich eine Most-Wanted-Wand", sagte er und ging dort hin, um sie zu betrachten. „Oh, wow! Die haben tatsächlich ...
Hey, Mel! Hier hängt ein Bild von mir."
„Mein Gott", Grant starrte erschrocken auf das Bild. Plötzlich rückten fünf Securitys an und drückten Coon zu Boden, machten ihn dingfest.
„Jungs, lasst ihn los. Er gehört zu mir", rief ein Mann. Ende vierzig, dunkler Teint. Die Wachleute ließen Coon wieder frei. Schmerzlich rieb dieser sich die Schulter und ging zurück zu Grant. „Bei FINK und beim NYPD habe ich ja schon

vieles erlebt, aber das … Au, meine Schulter."

„Adam hat vor sechs Jahren bei FINK aufgehört. Warum hängt hier immer noch ein Bild von ihm?", wollte Grant wissen.

„Bultcher, zurück an die Arbeit. Und was Ihre Frage betrifft, Ma'am, ich bin nur Supervisory-Agent Robert Sheffield, nicht Director Eldridge McCormick", umging er geschickt die Frage und führte Grant und Coon zum Team.

„Adam?", eine weibliche, freundliche Stimme hinter ihnen erhellte das Büroabteil. Vor lauter Angst und Panik, erneut umgehauen zu werden, kniff Coon die Augen zusammen und sprach seine Gedanken laut aus: „Nicht schon wieder umrempeln, das habe ich nicht verdient."

„Adam", erneut rief die Frau seinen Namen und war nähergekommen. Coon öffnete vorsichtig die Augen und drehte sich zu der Frau. „Cassandra, Darling. Was machst du denn hier?"

„Arbeiten. Und du?" Die Frau zauberte ein breites Lächeln auf das Gesicht des Mannes, und er antwortete: „Man mag es kaum glauben, aber ich arbeite auch." Cassandra Snieks zog ihn in eine feste Umarmung, die er nur zu gern erwiderte. Nach einer gefühlten Ewigkeit drückte Coon die Blondine von sich weg. „Du siehst verdammt gut aus", meinte er.

„Musst du gerade sagen", entgegnete sie. Grant war wie Bultcher und der Rest irritiert.

„Cas, ihr kennt euch?", fragte Bultcher. Coon grunzte belustigt. „Also *kennen* ist eine maßlose Untertreibung." Er warf Grant einen Blick zu, sofort verschwand sein Lächeln. „Ja, euh. Danke, dass Sie mich gerettet haben, Agent Sheffield."

„Was das angeht", sagte dieser, „ein paar Grundregeln. Ich weiß, dass Sie es gewohnt sind, Freiraum zu haben, aber *hier* gehen Sie dahin, wo ich hingehe, verstanden?" Keiner der beiden Angesprochenen sagte ein Wort. Weder Grant noch Coon. Sheffield nickte und rief das komplette Team um Bultcher zusammen.

Alle Agents standen in einer Reihe, sodass Sheffield an ihnen vorbeigehen und sie vorstellen konnte. „Die Agents Jacob Bultcher und Cassandra Snieks kennen Sie ja bereits. Dann hätten wir hier Agent Danny O'Shea. Recht geschickt, was IT betrifft." Ein etwas klein geratener, rothaariger, junger Mann war gemeint. „Weiter geht's. Unsere Super-Forensikerin mit platinpinker Mähne, Emely Bogard-Sutherland. Unser Pathologe Edward D. Tucker. Und zu guter Letzt unsere Ballistikerin Lisa Johnson." Sheffield stellte sich zu Grant.

„Leute, wie ihr wisst, hatte Director McCormick uns gebeten,

das NYPD zur Unterstützung hinzuzuziehen. Nicht nur wegen der hohen Aufklärungsrate von Lieutenant Grants Team,
sondern auch wegen ihrer Geheimwaffe Ex-Attentäter ... Mister Coon?", der Agent drehte sich einmal um die eigene
Achse. „Coon?"

„Wo ist er denn jetzt schon wieder?", regte sich Grant auf.

„Wir müssen ihm ein Glöckchen umhängen!", meinte Bogard-
Sutherland kichernd und machte sich wieder an die Arbeit.

KAPITEL VIER

Sie warteten auf Coon, der nicht gerade zufrieden gestimmt zurückkehrte. „Tut mir leid, es gibt ein paar Probleme bei *COON Company*. Ich muss da schnell hin und das klären. Bin in spätestens drei Stunden wieder da", erklärte er und war auf dem Sprung, als Grant ihn verhinderte. „Einen Moment, Mr. *Ich-bin-dann-mal-weg*, deine Firmen sind in New York."

„Das habe ich nie gesagt", rechtfertigte er sich. „Um es kurz zu erläutern. *COON Investments* befindet sich in New York. *COON Company* wiederum in D.C. Zwar ich in beiden Firmen Bevollmächtigte, die die Geschäfte größtenteils für mich übernehmen, aber hin und wieder muss auch mal der Chef selbst ran. Wenn Sie nun gestatten würden", mit diesen Worten war er auch schon in den Aufzug gesprungen.

Bultcher, Grant, O'Shea und Snieks versammelten sich um den riesigen Flatscreen.

„Schön, dann unterrichten Sie mich", forderte Grant. „Was weiß das FBI, was das NYPD nicht weiß?"

„Zum Beispiel kennen wir die Orte", Snieks drückte auf die Fernbedienung, und auf dem Bildschirm erschien eine Karte der Ostküste. „Zuerst schlugen die Täter in Atlantic City zu. Zwei Verdächtige: Rachel Mayne und Luke Patrickson. Angeblich neun Opfer, bisher konnten aber nur zwei von ihnen zusammengesetzt und identifiziert werden. Daniel Smith und Gerald Paxton. Was Mayne und Patrickson betrifft, das Verfahren wurde wegen Mangels an Beweisen eingestellt", endete sie.

„Des Weiteren wurde Baltimore zur Zielscheibe. Keine Identifizierung möglich, bis auf eine, aber darauf kommen wir später zurück. Als Nächstes Dover. Danach New York. Derzeit keine Verdächtigen", sagte Bultcher.

„Die meisten dieser Anschläge geschahen in den frühen Morgenstunden", warf O'Shea ein. Grant nickte nachdenklich und führte nochmal auf das Thema Identifizierung zurück.

„Warum hat das NYPD eine zu niedrige Sicherheitsfreigabe für einen gewissen Chris Howard, einer der Facharbeiter auf Wards Island?"

„Um das aufzuklären, hole ich am besten Robert und Director McCormick dazu", meinte Bultcher und verschwand um die nächste Ecke. Mit den beiden Männern im Schlepptau kehrte Bultcher wieder und deutete dem Director Grant.

„Lieutenant, Eldridge McCormick", der Schlipsträger reichte ihr die Hand. Abwartend blickte Grant in die Runde. McCormick lehnte sich gegen einen der Tische und räusperte sich.

„Ich bin der Meinung, hier bedarf es viel an Aufklärung. Vor einem Monat ging bei meiner Sekretärin ein bedenklicher Anruf ein, weshalb sie ihn gleich an mich weiterleitete. Eine Gruppe selbsternannter Aktivisten meldete Korruption im großen Stil beim DEP. Ich bremste den Kerl am anderen Ende der Leitung erst einmal aus und fragte ihn nach seinem Namen. Der Anrufer antwortete: Diego Garcia, eines der Opfer aus New York. Er erzählte mir, wo exakt es Auffälligkeiten gab, danach schickte ich jeweils einen FBI-Agent undercover nach Atlantic City, Baltimore, New York City, Dover und D.C."

„Sie wollten den Anschuldigungen also nachgehen?"

„Richtig, Lieutenant. Gerald Paxton im Spieleparadies, Kenneth Lee Sorth in Little Italy. Chris Howard in unserer schlaflosen Stadt. Mit dem Agent hier in D.C., Frank Wesley, habe ich vor zwanzig Minuten noch telefoniert. Was allerdings mit

Todd Montero in Dover ist, kann mir bis zum jetzigen Zeitpunkt keiner genau sagen. Die Pathologie dort ist momentan stark unterbesetzt."

„Das heißt, überall, wo Ihre Leute waren, sind Menschenleben zu beklagen."

„Leider wahr. Wer auch immer dahintersteckt, wird das Spiel fortsetzen, und zwar hier in der Hauptstadt. Ich will, dass das verhindert wird, unwichtig wie."

Das Team und Grant saßen an den Computern und durchforsteten die Datenbank nach weiteren möglichen Verdächtigen. Coon schob sich durch das Dutzend FBI-Agents im Fahrstuhl und lief miesepetrig auf Grant zu.

„Schön, dass du dich auch mal blicken lässt", grummelte sie.

„Weshalb so kratzbürstig?", zischte Coon.

„In spätestens drei Stunden. Schau mal bitte auf die Uhr und sag mir, wie spät es ist." Coon wollte gerade auf seinen Zeitmesser schauen, doch Grant entfleuchte ein tiefer Seufzer.

„Das war rhetorisch gemeint, Adam." Seine Lippen formten ein Oh. „Du warst fünf Stunden weg. Fünf Stunden, Adam." Coon kratzte sich verlegen am Hals, und Grant fuhr fort. „Tu es wenigstens für mich, wenn schon für niemand anderen."

„Was?", wollte er wissen.

„Nichts versprechen, was du eh nicht einhalten kannst."

„Okay", stimmte er zu, „aber vergiss deine Worte nicht, bis wir ins Bett gehen."

„Welche?", wollte nun Grant wissen.

„Tu es für mich", antwortete Coon kokett. Grant schmunzelte und drückte kurz seine Hand, ehe sie die FBI-Datenbank weiter durchsuchte.

„Kann ich dir in irgendeiner Weise behilflich sein?", fragte er.

„Ja, in der Tat, das kannst du. Zieh dir einen Stuhl ran, setz dich und lies dir wie ich die Profile durch. Sag mir Bescheid, sobald dir etwas auffällig erscheint."

„Meh", Coon nahm sein Telefon, „wieso es sich unnötig schwer machen, wenn es doch einfach geht." Grant musterte ihn neugierig. „Wozu", er schaltete den Computermonitor ab, „hat man denn einen Coon?"

„Um einen Nervenzusammenbruch zu erleiden", erwiderte Grant und schaltete den Monitor wieder ein. Sofort drückte Coon auf Off. „Vielleicht, aber nicht vorrangig. Nein, sondern um Kontakte spielen zu lassen." Er entsperrte sein Telefon und durchsuchte seine Kontaktliste. „So, wer könnte uns denn von Nutzen sein? Ob der MPDC Police Commissioner weiterhelfen kann?"

„Woher?..", Grant brach ab, als sie Coons vielsagenden Blick

sah. „Ich frag' erst gar nicht." Coon wählte die Telefonnum-
mer. Freizeichen. Perfekt, dachte er sich.

„Ja?", fragte eine heisere Stimme.

„Ah, Madame Commissioner. Wie geht es Ihnen?"

„Bis ich Ihre Stimme hörte, recht gut, Mr. Coon."

Dieser lachte gequält. „Wunderbar. Warum ich anrufe, kennen Sie zufällig jemanden, der uns um zwanzig vor sechs
noch ein paar Beschlüsse austeilt?"

„Wie wär's, wenn Sie Ihren ehemaligen Vorgesetzten fragen?"

„Mr. Dunn?"

„Ja, Sie wissen doch bestimmt noch, dass er immer bis spät in
die Nacht hinein in der Kanzlei sitzt und gefühlt jeden in dieser Stadt kennt." Coon schüttelte lachend den Kopf. „Ach ja,
der gute alte Mr. Dunn."

„Brauchen Sie noch was, Mr. Coon?"

„Nein. Doch! Ich bräuchte Dunns Nummer."

„Natürlich, einen Moment", die Polizistin legte ihn kurz beiseite und kramte in ihren Unterlagen. „Bereit, Mr. Coon?",
fragte sie. Er nickte, obwohl sie ihn nicht sehen

konnte. „Also, die Vorwahl und dann fünf-drei-eins-acht-sie-
ben-eins-fünf-acht."

„Vielen Dank und schönen Abend noch, Madame Commissioner." Er steckte das Telefon weg und erwiderte Grants Blick.

„Warum so nachdenklich?", fragte er.

„Ich frage mich nur -", begann der Blondschopf, wurde aber von ihm unterbrochen. „Ob ich auch mit dem Commissioner geschlafen habe, weil ich ihre Nummer besitze? Nein, aber schön, zu wissen, wie du über mich und mein Telefonbuch denkst."

„Hättest du mich aussprechen lassen, hättest du gewusst, dass ich wissen wollte, wann du mit Agent Snieks zusammen warst?"

„Vor anderthalb Jahren für vier Monate", gab Coon zurück.

„Und warum hat die Beziehung zwischen euch nicht gehalten?" Grinsend meinte Coon: „Tja, es gibt Sachen, die sind zu heiß, um sie zu halten." Grant warf ihm einen Blick zu. Oh Mann, ich wäre tot, hätten Blicke diese Fähigkeit, dachte Coon. Seine Augen huschten hin und her. Langsam glitt seine Hand unter sein Jackett.

„Denk nicht mal daran, mich zu erschießen, um hier rauszukommen", warnte sie, und er hielt in seiner Bewegung inne. Er grinste sie an und versuchte, die Situation zu überspielen.

„Du weißt doch, ich rede immerzu Scheiße. Von daher beziehe das Gesagte nicht auf -" Coon geriet ins Schwitzen.

„Weißt du was? Heute Abend, das kannst du dir abschminken. Genauso wie du das in den darauffolgenden Tagen vergessen kannst."

„Oh, bitte", flehte Coon, aber Grant verzog keine Miene. „D-dann frage doch nicht so dumm, wenn du eh von vornherein weißt, dass es auf so etwas hinausläuft."

„Klar", nickte Grant, „der Schwanz ist näher als der Kopf."

„Was, in Gottes Namen, willst du damit schon wieder zum Ausdruck bringen, huh?" Sie legte die Hände auf seinen Schoß. „Darauf wirst du ganz von selbst kommen." Sie griff nach dem Hörer und telefonierte mit Dunn, um sich nach einem fähigen Richter zu erkundigen.

In der Zwischenzeit studierte Coon noch immer irritiert seine „Kollegen". O'Shea, der Zurückhaltende, neben ihm Sheffield, der emotionslose Big Boss. Weiter hinten Snieks gemeinsam mit Bultcher. Die zwei erinnerten Coon an Katherine und sich selbst. Er, der versuchte mit ihr zu flirten, und sie, die es nicht bemerken wollte. Bis zu einem gewissen Punkt, wenn es offensichtlicher nicht mehr ging. Coons Gedanken wurden abgelenkt von Sheffield, der auf Grant zukam. „Wie weit sind Sie, Melinda?", fragte er.

„Ich hab' uns eben einen Beschluss eingeholt, damit wir Verkehrskameras und Passagierlisten von Flugzeugen, Zügen und Bussen sichten können." Sheffield klopfte Grant auf die

Schulter. „Gute Arbeit, Lieutenant."

„Adam hat gewaltig dazu beigetragen", meinte sie und schaute dabei zu Coon, der zwinkernd das Wort *gewaltig* wiederholte. Augenrollend drehte sie sich zu Sheffield zurück.

„Sie können für heute Schluss machen", sagte dieser. „Und da sich Director McCormick denken konnte, dass Mr. Coon ganz gewiss nicht auf einem unserer knochigen Feldbetten nächtigen wird, hat er für Sie beide zwei Suiten im Jefferson reserviert."

„Das wäre doch nicht nötig gewesen, Robert."

„Oh doch, Mr. Coon." Dieser schüttelte den Kopf. „Nein, das wäre wirklich nicht nötig gewesen. Ich war dem FBI einen Schritt voraus."

„Sie haben vorab, also noch vor uns, Zimmer gebucht?", wollte der verdutzte Agent wissen. Coon gestikulierte mit seinen Händen eine Balkenwaage. „In gewisser Weise, ja."

Ohne ein weiteres Wort schnappte er sich Grant und zog sie mit sich in den Aufzug.

Verwundert schaute sie den Berater an, als das Taxi etwa zehn Minuten von der FBI-Zentrale entfernt vor einem monströsen Gebäudekomplex hielt. Coon bezahlte den Fahrer und stieg aus. Grant griff nach ihrer Tasche und folgte ihm. „Wo sind wir hier?", fragte sie.

„Ganz in der Nähe vom Navy Yard und vom Anacostia River."

„Tolle Antwort, Mr. Anhängsel."

„Was erwartest du?", prustete er. Grant atmete tief durch.

„Gut, dann lass es mich so formulieren: Was wollen wir hier, Coon? Oder noch besser: Was verbirgt sich hinter dieser gläsernen Front?"

„Du wolltest wissen, wo ich mich die letzten drei Jahre aufgehalten habe." Langsam nickte Grant. „Das erste Jahr war ich in Los Angeles, da lernte ich eine Rebecca kennen. Die arbeitete als Detective beim LAPD. Sie war zwar gut im Bett, aber etwas komisch vom Charakter her. Sie meinte, aus unserem kleinen Nümmerchen könne mehr werden, ganz schön stalkermäßig. Nach diesem Jahr bin ich hierher nach D.C. gekommen. Ich hatte mir vorgenommen, mein altes Loft renovieren zu lassen, was ich dann auch in die Tat umsetzte. Keine fünf Monate später konnte ich dort einziehen. Alles war neu, selbst meine schwarze Corvette in der Tiefgarage. Nichts erinnerte mehr an Kate und Grace. Nichts, bis auf den Ring an meinem Finger, aber das soll auch so bleiben", erklärte er.

„Das heißt, hinter einer dieser Panoramascheiben befindet

sich das Loft, in dem deine Familie", Grant wollte und konnte den Satz nicht beenden. Sie hatte plötzlich einen Kloß im Hals, der nicht wegwollte. „Umgebracht wurde?", fragte Coon. „Ja, aber wie gesagt, alles neu." Er nahm ihr die Tasche ab und bedeutete ihr voranzugehen.

Grant bekam vor Staunen den Mund nicht mehr zu. Es sah ganz anders aus als in New York. Dort war alles prunkvoll und hochmodern möbliert. Und hier schlicht, bodenständig, ein bisschen altbacken. Er legte seine Arme um sie und zog sie zu sich. „Weißt du, viele fragen mich, was das für eine Stilrichtung sei. Und ich antworte Vintage. Die Leute gucken mich dann immer blöd an und fragen sarkastisch: Vintage oder doch nur einfach aus der Mode?" Grant musste lachen. „Aber solche Bemerkungen sind mir egal geworden. Hier sind wir, hier stehen wir. Das ist mein Loft, Babe." Der Blondschopf wandte sich aus Coons Armen heraus und kniff ihm ins Ohr, um ihn nach unten auf ihr Niveau zu ziehen. „Ich erinnere dich nur ungern an meine früheren Worte. Nenne mich noch einmal Babe und das war's mit den zweiundvierzig Frauen in einem Monat." Coon versuchte zu grinsen. „Auch, wenn es zweiundvierzig Mal dieselbe Frau ist?", witzelte er. Grant kniff ihm mit aller Kraft ins Ohr, sodass es fast blutete. Er ging zu Boden und spürte ihre Lippen flüchtig auf seiner Wange.

„Auch dann kann es was setzen", sagte sie und machte es sich auf der Couch bequem. Coon rappelte sich langsam auf und hielt sich das Ohr. „Weißt du eigentlich, dass sich Alexa im Klaren war?"

„Wobei?", fragte Grant und legte ihren Kopf in seinen Schoß, als er sich zu ihr setzte.

„Dass ich zurückkommen würde. Einen Tag nach meinem Geburtstag."

„Nein", antwortete sie und spielte an Coons Fingern herum. Sie setzte sich auf und ließ ihn aufstehen. Er stolperte fast, als er in die offene Küche ging. „Wie wäre es mit einem Glas Wein und etwas gutem Jazz?", fragte er, während er zwei Gläser nahm. Grant warf ihm einen verstehenden Blick zu.

„Musik, Alkohol - du versuchst, mich gefügig zu machen."

Kopfschüttelnd stritt Coon es ab. „Nein, aber zu einem verdienten Tagesabschluss gehört durchaus ein gereifter '59er. Und was den Jazz betrifft, wie pflege ich immer zu sagen? Ohne Musik wäre das Leben ein Irrtum, Chéri." Er legte eine Platte auf und lief mit den vollen Gläsern zurück zur ihr.

„Ist das Miles Davis?" Coon nickte und überreichte ihr eines der Gläser. Grant nippte an dem lieblichen Rebensaft und meinte danach: „Ich hab' seinen Jazz noch nie gemocht. Selbst damals nicht, als er in deinem Auto lief. Aber es war eine Frage der Manierlichkeit, nichts dagegen einzuwenden."

Coon setzte sich. „Mann, du bist charmant wie ein Staubsauger." Grant lächelte ihn verspielt an und prostete ihm zu.

„Es gibt da etwas, worüber ich mit dir sprechen muss", sagte sie nach einigen Minuten. Der sonstige liebliche Schimmer in Grants Augen schwand. Coon stellte sein Glas ab und wartete darauf, dass sie fortfuhr. „Ich weiß nicht, wie viel du damals noch mitbekommen hast, trotzdem wollte ich mit dir nochmal darüber reden."

„Ich verstehe nicht ganz", erklärte er und griff nach dem Glas Wein, nahm einen kräftigen Schluck.

„Die Polizei konnte *ihn* nicht verhaften."

„Wen?", hakte er nach.

„Bertram Brick." Als Coon diesen Namen hörte, durchfuhr ihn ein Blitz, und das Glas in seiner Hand zersprang. Wie gebannt starrte er auf seine mit Glassplittern versehene, blutende Hand und den mit Rotwein befleckten Boden. Vorsichtig packte Grant seine Hand und begutachtete die Wunde.

„Das muss verarztet werden." Coon richtete sich auf und machte einen großen Schritt über den Scherbenhaufen. „Ja, ja.

Aber erst mal mache ich *das* hier weg."

„Adam, das war keine Bitte, sondern ein Befehl", sagte sie schroff. Coon nickte. „Und pass auf, wo du hintrittst. Nicht, dass du dir die Scherben auch noch in die Schuhe eintrittst."

Noch im Laufen drehte er sich zu ihr und meinte: „Ich bin ein großer Junge, ich kann auf mich aufpassen", er wandte sich von ihr ab und rannte im nächsten Moment gegen einen der Stützpfeiler. Erneut ging er zu Boden. Erneut rappelte er sich auf und guckte benommen zu Grant. „Nichts passiert."

„Kommt so was öfter vor?", fragte sie.

„Nein, nur in Anwesenheit einer schönen Frau wie dir", gab er zurück und verschwand in einem der anderen Zimmer, um Verbandszeug zu holen.

„Wo hast du gelernt, so gut Wunden zu versorgen?", wollte Coon wissen.

„Mein Volontariat beschäftigte sich mit der Erstversorgung von Schwerverletzten. William Chase, so hieß einer der Oberärzte in der Notambulanz, bildete mich aus."

„Chase?", fragte Coon ungläubig. „William Chase? Mit was für Menschen verkehrst du denn? Ich kenne seinen Sohn Johnny, und der ist einer von der ganz üblen Sorte, was gezinktes Kartenspiel angeht." Grant schenkte ihm einen ihrer Sagt-ja-der-Richtige-Blicke und drückte einen Kuss auf

seine verbundene Hand. „Ich mach noch schnell die Musik
aus, dann können wir ins Bett. Ich bin groggy."

„Kann ich mir vorstellen", murmelte sie und folgte Coon mit-
samt ihrer Reisetasche ins Schlafzimmer. Coon schaltete das
Licht ein, und vor ihnen eröffnete sich ein großes Zimmer mit
Panoramablick auf das Viertel, Kingsize-Bett und zwei weiteren Doppeltüren.

„Das Bad ist den Flur hinunter links", warf Coon ein und lockerte seine Krawatte. Grant ging derweil auf die Doppeltüren zu. Neugierig schaute sie zu Coon. „Deinem Blick zufolge
fragst du dich sicher, was sich hinter ihnen befindet. Tja, zu
deiner Linken mein Ankleidezimmer. Zu deiner Rechten
mein Krawattenzimmer." Beide gingen zur rechten Tür, und
Coon legte seine Hände auf die Türknäufe. Er grinste wie
kein anderer. „Auf in den Schrank nach Narnia! Oh Mann,
das wollte ich schon immer mal sagen." Damit schwangen die
Türblätter auf. Coon betrat den Raum, hinter ihm Grant.

„Ach du meine Güte. Ich dachte, du machst Scherze, als
du Krawattenzimmer sagtest." Vor ihnen hingen dem Schein
nach hunderte, nein, tausende Krawatten in den verschiedensten Farben, Mustern, Längen und Breiten. Schub-
kästen standen offen und in ihnen ebenfalls Krawatten sorg-
sam zusammengerollt. Unter ihnen auch zwei, drei Fliegen in

Schwarz. In einer Art Schmuckkästchen, welches sich auf einem Glastisch inmitten des Raumes befand, blitzten mehrere Uhren, Krawattennadeln und -klammern und auffällige Reversnadeln auf. Eine goldene der kanadischen Flagge und eine in der Form eines Wolfskopfes in Chromoptik. Coon sah stolz zu ihr. Ihr Gesichtsausdruck. Grant schrie förmlich nach der Frage: Wieso, um Himmels willen?

„Krawatten sind vielseitig einsetzbar. Außerdem fragte mich meine Innenarchitektin, ob ich ein zweites Gästezimmer oder ein zweites Ankleidezimmer haben wolle. Ich konnte mich nicht entscheiden und meinte, es sei schwer Entscheidungen zu Gunsten der Allgemeinheit zu treffen. Wodurch sie wiederum sagte: Scheiß auf die Allgemeinheit, es ist Ihr Loft, Mr. Coon."

Grant zog ihn am Saum seines Jacketts näher. „Und du hast es mit ihr getrieben, nicht wahr?"

Scharf sog Coon nach Luft. „Wie kannst du nur so etwas von *mir* behaupten? Aber natürlich hast du vollkommen recht." Grant legte ihre schmalen Hände in seinen Nacken, küsste ihn, vergrub ihre Finger in seinen Haaren. „Anscheinend ist das Sexverbot aufgehoben", schlussfolgerte Coon sarkastisch und unterbrach damit die jugendliche Knutscherei.

94

„Jetzt bilden Sie sich was ein, Mr. Anhängsel", antwortete sie.

„Und doch stehen Sie hier und öffnen den Gürtel meiner Hose, Ms. Grant."

„Touché, ma coeur", flüsterte sie und pfriemelte an seinem Reißverschluss. Danach riss sie sein Hemd auf.

„Wenn du so weitermachst, brauche ich bald neue Hemden, du kleine Aufreißerin."

„Ordinäre Zweideutigkeit, das liebe ich."

„Mi cariño", hauchte er in ihr Ohr, bevor er sie zurück ins Schlafzimmer trug. Er ließ seine kalten Hände ihre Hüften entlanggleiten. Ein wohliger Schauer durchfuhr sie.

10. November, 2015.

Nach einer innigen Nacht voller Gefühle, wachte Coon am nächsten Morgen erst um halb zehn neben Grant auf. Er richtete seinen Blick auf sein Telefon. Sieben entgangene Anrufe. Schulterzuckend stand er auf und lief ins Badezimmer. Herausgeputzt und bereit für den Tag erschien er im Türrahmen seines Schlafgemachs und erblickte einen im Tiefschlaf schlummernden Blondschopf. Vorsichtig versuchte er sie zu wecken. „Mellybelli", wisperte er. Nichts regte sich. Er ging einen Schritt auf sie zu. „Mel." Immer noch nichts. Wieder einen Schritt vor. „Melinda." Nichts. Diesmal hockte er sich genau neben sie. „Melinda Elizabeth Grant!", brüllte er wie ein Drill Sergeant. Kerzengerade saß sie im Bett. Weder müde noch sauer. Einfach nur zu Tode erschrocken, als wäre sie im falschen Film. „Habe ich dir eigentlich schon erzählt, dass ich eine 3D-Figur von mir besitze?", fragte Coon, als wäre nichts gewesen. Grant guckte ihn noch immer überrumpelt an. Plötzlich klingelte ihr Telefon. Sie schüttelte ihren Kopf frei, nahm sich ihr Telefon und stieg aus dem Bett. „Ich bin gleich wieder da, spiel in der Zeit mit dir selbst", sagte sie und streifte sich ihre Bluse vom Vortag über. Sie hievte sich zum Fenster, damit sie außer Coons Hörweite war.

„Das war Claire Henning", meinte sie, nachdem sie das Telefonat beendet hatte. Coon nickte und fragte: „Du hast echt keine Ahnung, wo ich bin?"

„Du hast gelauscht", stellte Grant fest.

„Mehr oder weniger. Was wollte sie genau?"

„Sie konnte dich nicht erreichen, es ging um *COON Investments* und da dachte sie, ich wüsste, wo du seist."

„Und du sagtest, du hättest keine Ahnung", triezte er sie.

„Ich dachte, es wäre unverfänglich."

„Ist es dir peinlich?"

„Nein", stritt Grant ab und zog sich eilig ins Bad zurück.

„Schon in Ordnung, wenn es dir peinlich ist", rief er ihr nach.

Langsam fuhr die Corvette zur Tiefgarage heraus.

„Schnallst du dich bitte an, sonst hört es nie auf zu piepen",

nörgelte Grant. Coon stöhnte genervt auf und suchte nach

seinem Gurt. „Ich hasse diese Zwangssicherheit."

Keine zehn Minuten später parkte er vor dem FBI-Gebäude.

Beinahe synchron stiegen er und Grant aus. Überall lag bun-

tes Laub. „Der Herbst ist gekommen!", freute sich Coon.

„D.C. ist zu dieser Jahreszeit so wunderschön. Ich liebe die

Blätter", er bückte sich und hob einen Blätterhaufen auf. „Ew,

ein Kondom!" Schlagartig ließ er das Laub fallen.

„Sieht aus, als wäre der Herbst wirklich gekommen", kicherte

Grant. Coon ignorierte ihre Anmerkung und wischte sich

seine Hände am Sakko ab, während sie zum zweiten Mal an

diesem Morgen einen Anruf entgegennahm. „Hey, Maxman."

„Wunderschönen guten Tag, Mel. Wie ist das Wetter bei euch

in D.C?" Grant warf einen Blick auf Coon, der sich immer

noch wie ein Bekloppter seine Hände abwischte. „Wolkig mit

Aussicht auf Kondome", antwortete sie.

„Muss ich das verstehen?", fragte O'Connor mit leichter Be-

sorgnis in der Stimme.

„Nein", lachte Grant. „Wie sieht es bei euch aus? Schon was Neues herausgefunden?"

„Heute Morgen gegen zwei ist ein neuer Fall reingekommen. Moreno hat daraufhin mit uns gesprochen. Letzten Endes hat sie Ti und mich von der Mordserie abgezogen."

„Okay", nickte Grant.

„Ich bin zufrieden mit ihrer Entscheidung. Tico ebenfalls. Wir hatten eh nichts herausgekriegt. Gar nichts! Dafür haben wir uns 'nen Mini-Tischkicker angeschafft."

Grant hob eine Augenbraue und grunzte amüsiert. „Na, schön. Ich muss jetzt Schluss machen. Coon und ich sind spät dran."

„Ihr beide?", hakte O'Connor misstrauisch nach. „Wie geht das denn? Ich meine, *du* bist doch sonst immer pünktlich. Was läuft da zwischen euch?"

Grants Miene verhärtete sich. „Oh je, wir fahren *grch* ... Tunnel *grch* ... Verbindung ... schlecht. Ciao!", sie wischte sich mit dem Handrücken erleichtert über die Stirn.

„Gerade noch aus der Affäre gezogen, huh?", neckte Coon sie mit einem schelmischen Grinsen.

„Halt doch die Klappe", erwiderte Grant.

„Ich habe ein gutes Recht dazu, meine Luke aufzureißen."

„Nicht, solange das Kondom auf deinem Schuh liegt." Coon

schaute erschrocken an sich herunter. Grant betrat unterdessen das FBI, besorgte sich ihren und Coons Besucherausweis und stieg in den Fahrstuhl. Kurz bevor sich die Türen schlossen, stieß der Berater dazu.

KAPITEL FÜNF

Beide traten aus dem Aufzug und gingen zum Team. Die Agents schauten auf, als Coon und Grant endlich auftauchten. „Warum sind Sie zwei zu spät?", fragte Sheffield.

„Wir hatten einen Kondom-Zwischenfall", antwortete Grant.

Entsetzte Blicke, selbst von Coon. „Euh, nicht *so* einen Zwischenfall. Mr. Coon hatte auf der Straße einen Blätterhaufen aufgehoben und ... ja, zwischen dem Laub befand sich halt ein Kondom."

Sheffield schüttelte den Kopf. „Wie dem auch sei, wir haben vor einer Stunde mit einer prophylaktischen Rastersuche begonnen. Eine Methode, wie sie auch bei den Special Forces angewandt wird."

„Und um was zu erreichen?", wollte Grant wissen.

„Um den kompletten District of Columbia zu observieren und mögliche Verdächtige ausfindig zu machen", erklärte

Snieks. „Bevor Sie fragen, wie wir das schaffen wollen, wir haben Verstärkung angefordert. Zweiunddreißig Marines. Zusätzlich zehn Agents des Naval Criminal Investigation Service und zwanzig Detectives des MPDC. Auch beim FBI selbst hat Director McCormick alle Ressourcen ausgeschöpft. Die halbe Zentrale ist auf den Fall angesetzt. Bis auf den Rest und uns sechs und die IT- und Labor-Leute sind alle sonstigen Agents aufgeteilt und eingeteilt in ihr Raster und suchen dieses ab. Derzeit können wir Georgetown, Adams-Morgan, Chinatown, Downtown, Capitol Hill und Dupont Circle abhaken."

„Somit fehlen uns nur noch Embassy Row, Foggy Bottom, Lafayette Square, Penn Quarter, Shaw und Barry Farm", informierte O'Shea.

„Nicht ganz, Danny", meinte Bultcher und überreichte jedem einen Kaffee. „Barry Farm - insbesondere das Gebiet um Gregory Hope, das Anschlagsziel - wurde vor fünf Minuten als sicher verifiziert."

„Das ist ja alles schön und gut, aber bedeutet das, dass wir hier einfach nur herumsitzen, auf weitere Sicherstellungen warten, nichts tun?", fragte Coon perplex.

„Auf keinen Fall. Sie, Mr. Coon, Bultcher und Danny werden sich Zutritt zu den Innenkameras im Gregory Hope verschaffen. Währenddessen kümmern Cassandra, Melinda und ich uns um die Außenkameras. Mir ist wohl bewusst, dass es sich hierbei um eine illegale Aktion handelt, da wir den Beschluss noch nicht in den Händen halten, und sich Gregory Hope unverhofft unkooperativ zeigt. Aber darum wird sich McCormick sorgen. Sobald Ihnen etwas seltsam erscheint, erwarte ich sofortige Meldung, verstanden?"

Sheffield blickte in die Runde. Von allen bekam er ein Nicken, nur musste Coon wieder spaßeshalber aus der Reihe tanzen und salutierte dazu.

„Wie viel Zeit geben Sie mir für die Außenkameras?", fragte O'Shea, da er wusste, sein Boss wäre nicht imstande, sich in irgendetwas zu hacken.

Sheffield antwortete: „Du bekommst drei."

„Stunden, Sir?", fragte der junge Agent.

„Minuten." Stumm setzte sich der IT-Spezialist an den Rechner und tippte banale Code- und Schlüsselwörter ein. Unterdessen richteten Snieks, Sheffield und Bultcher ihre Arbeitsplätze für die Observation ein. Grant und Coon besorgten Proviant. Die zwei liefen zum Fahrstuhl.

„Nichts gegen dich, Melinda, aber manchmal wünschte ich mir, ich hätte dem NYPD nie meine Hilfe angeboten. Dann könnte ich jetzt bequem auf dem Golfplatz stehen, neue

Kontakte knüpfen, den ein oder anderen Drink zu mir nehmen", maulte Coon. Vollkommen gerädert nach gerade einmal dreißig Minuten Arbeit.

„Bedenke, was du sagst, denn in diesem Fall geht es um die Sicherheit unserer Hauptstadt", konterte Grant kühl. Coon wollte sie küssen, doch sie hatte sich weggedreht und ging in Richtung Snack-Automaten. „Du machst es mir aber auch nicht einfach", sagte er mit dumpfer Stimme, während er in den Fahrstuhl stieg.

In aller Ruhe stellte Coon noch mehr Kaffee und drei Tüten Chinesisch auf den Tisch und hängte seine Jacke über den Stuhl. O'Shea und Bultcher schienen ihn gar nicht zu beachten, diskutierten einfach weiter und tippten Diverses in den Computer. Coon zog sich seinen Stuhl heran und schnappte sich ein Essen. Dem Verzweifeln nahe versuchte er, mit den Essstäbchen das Entenfleisch zu vertilgen.

„Probiere das mal, Danny."

„Sagte der Henker, als er mit der Schlinge kam", witzelte Coon und stellte sein Essen beiseite, um nach einer Plastikgabel zu suchen.

„Entweder Sie helfen uns oder halten Ihre Klappe", meinte Bultcher streng. Unbeeindruckt redete Coon weiter. „Wieso?

Es kann ja wohl nicht so schwer sein, sich in die Innenkameras eines Klärwerks zu hacken."

„Nein, normalerweise nicht", erklärte O'Shea, „jedoch gab es vor einem halben Jahr einen Großbrand im Gregory Hope. Technisches Versagen, hieß es im Polizeibericht."

„Mann, da war die Kacke ja wortwörtlich am Dampfen", rief Coon dazwischen und verlangte ein High-five von Bultcher, welcher nur den Kopf schüttelte.

„Wenn ich dann fortfahren dürfte, Mr. Coon. Nach dem Brand wurde das Sicherheitsequipment um hundert Prozent aufgestockt, offenbar zweifelte man an den Ermittlungs-ergebnissen. Die Erneuerungen lassen kaum noch Sicherheitslücken zu, die man ausnutzen könnte", endete der junge Agent.

Coon blinzelte ihn an. „Nun, wer suchet", zuckte er mit den Schultern und fand zu seiner Freude endlich die heißersehnte Plastikgabel, „der findet." Genüsslich stopfte er sich eine große Portion Nudeln in den Mund.

„Danke für die Hilfe, Coon." Ernüchtert lehnte sich Bultcher in seinem Stuhl zurück, während O'Shea seine Finger erneut über die Tastatur gleiten ließ. Coon brummte etwas wie ein Bitte. Sein Mund weiter voll mit Essen. Er kleckerte mit Sojasauce und besudelte seine Seidenkrawatte. „Verdammt, die habe ich mir erst letzte Woche gekauft! Die wird doch nie wieder sauber. Ich könnte heulen", jammerte er.

„Sie wirken gerade sehr metrosexuell, Adam", kommentierte Bultcher das Verhalten des Älteren. Als Antwort erntete er nur einen missfallenden Blick.

„Endlich!", rief O'Shea. Auf den Monitoren erschienen die Aufnahmen verschiedener Überwachungskameras. Jetzt hieß es, wachsam sein und abwarten.

Seit sage und schreibe neunzig Minuten starrte Coon auf die Bildschirme. Unterdessen wurden dem FBI-Team Penn Quarter und Lafayette Square bestätigt. Team Sheffield schien mit der Überwachung tausendmal mehr „Spaß" zu haben als Coon, an den die ganze Arbeit abgetreten worden war. Obwohl sich die Männer darauf geeinigt hatten, nach jeweils dreißig Minuten den Observationsposten zu wechseln. Und als hätte O'Shea Coons Gedanken gelesen, schaute er auf und legte sein Buch zur Seite. Er setzte sich aufrecht in seinen Stuhl und musterte ihn eindringlich. Coon musste nicht einmal von den Bildschirmen absehen, um zu wissen, er wurde beobachtet. Er spürte das Augenpaar auf sich ruhen. Also fragte er den Jüngeren: „Wollen Sie jetzt endlich einen Schichtwechsel?"

„Nein", antwortete dieser gleichgültig, „ich habe nur nachgedacht. Es ist ja weitgehend bekannt, dass Sie vor geraumer Zeit im Metier der Auftragsmorde tätig waren."

„Und was gibt es da großartig nachzudenken?", wollte Coon erfahren, bedacht darauf nicht allzu schnippisch aufzutreten.

„Hatten Sie jemals Todesangst bei FINK?"

„Nein, bei FINK nie."

„Irgendwann vor oder nach dieser Zeit?"

Coon überlegte. Gleich fielen ihm die Geschehnisse vom fünften November ein. Wie Moreno ausgeflippt war. „Nein. Die einzigen Sachen, vor denen ich Ang - für die ich sehr viel Respekt empfinde, sind Veränderungen und die Disney-Figur Goofy. Neuerdings auch vor Laub."

O'Shea schwieg und widmete sich wieder seinem Buch, während Bultcher vor sich hin grummelte.

„Hat das Essen Ihnen den Magen verdorben oder was stimmt nicht, Jacob?"

„Alles gut, ich finde nur, dass diese Unterhaltung zwischen Ihnen beiden vor Witz sprüht", meinte der Senior Field Agent sarkastisch. Coon überhörte den Kommentar und warf einen Blick auf Bultchers Notizblock. „Was kritzeln Sie da eigentlich?" Blitzschnell hatte er den Block gegriffen und an sich genommen. Kritisch beäugte er die Zeichnung. „Ein Herz", stellte er fest. „Wussten Sie, dass die Herzform, wie wir sie heute kennen, ursprünglich aus dem siebzehnten Jahrhundert stammt. Inspiriert von dem Gesäß einer Frau, welche sich nach vorn beugt."

„Woher wissen Sie das?", fragte Bultcher verblüfft.

„Irrelevant", gab Coon monoton zurück. Er drückte den Block seinem Besitzer in die Hände und guckte kurz zu Grant, dann zu Snieks. „Hat sie einen Freund?" - „Wer?"

„Cassandra." - „Nein."

„Wo liegt dann Ihr Problem?", forschte Coon nach.

„Sie hat Politik studiert. Hat zehnmal mehr Hirn als ich. Hat einen tollen Humor und sieht aus wie ein Model. Nebenbei spricht sie acht Sprachen und läuft Marathons für den guten Zweck. Und ich? Ich hab' mein Studium abgebrochen, stecke andauernd mit meiner Hand in der Keksrolle fest. Für Fremdsprachen bin ich zu doof. Das Einzige, was ich noch aus Kindertagen kann, ist gebrochenes Klingonisch. Weder habe ich ein Sixpack, bis auf das in meinem Keller, noch habe ich irgendetwas anderes Gutaussehendes an mir", erklärte der Bundesagent traurig.

„Jacob", sagte Coon.

„Ja?"

„Sie haben ganz klar Minderwertigkeitskomplexe."

„Danke, das weiß ich selber."

„Selbsterkenntnis ist der erste Schritt zur Besserung", philosophierte Coon amateurhaft. Deprimiert von derart viel Liebeskummer seufzte Bultcher und schlug mit dem Kopf auf die Tischplatte. Coon klopfte dem FBI-Agent auf den Rücken.

„Kommen Sie, Jacob, ich gebe Ihnen noch einen Rat. Sagen Sie das zu ihr", er näherte sich Bultchers Ohr und flüsterte ihm etwas zu. Entgeistert sprang Bultcher in seinem Stuhl zurück. „*Das* kann ich nicht bringen!"

„Und ob Sie *das* können." Coon erhob sich von seinem Platz und richtete seinen Blick auf die Frau neben Sheffield. „Bultcher, Sie müssen mir schlicht und einfach vertrauen."

„Genau diese Worte hatten Sie auch damals benutzt, als das Fairfax County Police Department und FINK gemeinsame Sache machten", wies Bultcher hin.

„Erinnern Sie sich auch, wie es endete?", fragte Coon, und Bultcher gestand widerwillig: „Wir haben gewonnen."

„Und wer hatte damals das Kommando?" Coon verschränkte die Arme vor der Brust.

„Sie, Adam."

„Und wer war meine rechte Hand? Kleiner Tipp, er wurde nur einen Monat danach zum Agent des Federal Bureau of

Investigation."

„Ich", antwortete Bultcher kleinlaut.

Ein zufriedenes Lächeln machte sich auf Coons Gesicht breit.

„Sehen Sie, also kann es ja nur schiefgehen", meinte er. Der Senior Field Agent schaute ihn erschrocken an. „Mann, Jacob, entspannen Sie sich. Das war ein Scherz. Danny, Sie übernehmen?"

„Klaro", entgegnete O'Shea und rollte sich in Position.

„Warten Sie einfach auf mein Zeichen", sagte Coon und schlenderte gemütlich zu Sheffield und den zwei Damen. Er lehnte sich ein wenig nach unten und sprach: „Agent Snieks, Agent Bultcher müsste kurz etwas mit Ihnen klären. Nichts Privates, rein beruflich. Das versteht sich doch, nicht wahr?" Sobald Snieks aufgestanden war, gab Coon das Zeichen an Bultcher. Ein simples Kopfnicken.

Die zwei FBI-Agents standen abseits der Tischgruppen. „Rein beruflich also, huh?", grinste Snieks. Verlegen kratzte sich Bultcher am Hinterkopf und erwiderte schüchtern ihr Lächeln. „Also?", fragte sie ungeduldig. Bultcher schmulte über ihre Schulter zu Coon, der ebenfalls grinste und ermutigend seinen Daumen hob. Der Agent stieß heftig Luft aus. Wie ausgewechselt stand er jetzt vor ihr. Die Schüchternheit war verflogen, sein Mund verzog sich zu einem spitzbübischen Grinsen. „Ich hab' mir 'nen neuen Wecker gekauft, willst du ihn morgen Früh mal klingeln hören?"

„Liebend gern", zwinkerte Snieks nur und ging zurück an ihren Platz. Bultcher war überrascht von ihrer Reaktion und machte sich auch auf den Weg. „Sie hatten Recht. Es hat funktioniert." Der Agent war völlig aus dem Häuschen.

Coon schlug zufrieden die Beine übereinander. „Witz und eine unangenehme Prise Macho-Gehabe bringen es immer. Passen Sie auf." Er schnellte auf und ging auf den Fahrstuhl zu, hinter ihm der Senior Field Agent.

„Wo wollen Sie hin, Coon?"

„Wie hieß die Lady am Empfang noch gleich? Laura?"

„Nein, das ist McCormicks Sekretärin. Die Dame am Haupteingang heißt Allison." Mittlerweile war der Aufzug zum Stehen gekommen. Die beiden Männer traten hinaus. Coon wollte schnurstracks zum Empfang laufen, doch Bultcher fuhr blitzschnell mit seinem Arm vor Coons Oberkörper und bremste ihn aus. „Verdammt nochmal, Coon, was haben Sie vor? Wir haben einen Job zu erledigen. Die Blödelei mit Cassandra war schon unangemessen, nicht auch noch so was", zischte Bultcher. Coon winkte ab. „Wissen Sie was?

Machen Sie, was Sie wollen. Ich werd' jetzt hochfahren und Danny helfen."

Aufgebracht ließ er sich auf seinen Stuhl nieder. „Was soll das dämliche Grinsen?", fragte er O'Shea.

„Baby-Boy Bultcher ist verliebt."

„Halt deinen Schnabel und konzentriere dich auf unsere Aufgabe, Kleiner." Der Junior-Agent funkelte ihn beleidigt an.

„Erstens bin ich nicht klein, ich bin nur aufs Beste reduziert. Und zweitens passiert hier eh nichts Interessantes."

„Dein Ernst?"

„Nein, warte. Vor fünf Minuten hat sich einer der Chemiker am Arsch gekratzt." Geknickt fuhr sich Bultcher durch sein Haar und stöhnte auf. Im Gegensatz zu ihm war Coon bester Laune und knallte ein Stück Papier auf den Tisch. „Zwar hat die Kleine Vaterkomplexe, ansonst ist sie eine Überlegung wert, wenn Sie verstehen", erklärte er und wippte mit den Augenbrauen. „Sollte das mit Cassandra nichts werden, haben Sie ihre Nummer."

„Sie wollen es nicht verstehen, stimmt's, Coon?" Der NYPD-Berater schaute Bultcher fragend an. „Sie sollen mit der Scheiße aufhören und arbeiten." Coon nickte und nahm Platz. „Eine Frage hätte ich", meinte er. „Danny, das Buch, das Sie lesen, ist das Edgar Claudes Besessen?" O'Shea nickte.

„Haben Sie es schon mal fertiggelesen?" O'Shea schüttelte den Kopf. „Okay, ich habe es bereits gelesen und werde jetzt ein bisschen spoilern, wenn ich sage, dass es mit etwas so Schmutzigem endet, dass es selbst meinen Eiern und meinem Unterleib geschmerzt hatte." Der Agent schluckte und packte das Buch in seinen Rucksack.

Ein Telefon klingelte. Genauer gesagt Sheffields Telefon. Er hob ab und stellte auf Laut. Eine rauchige Stimme erklang. Der Mann stellte sich als Sergeant vom Dover Delaware Police Department vor. Er sagte, er hielte endlich die Autopsie-Berichte in den Händen und hätte sie dem FBI per E-Mail zugesandt. Sheffield bedankte sich dafür und legte auf. Danach öffnete er sie und stellte die Verknüpfung zum Flatscreen her. Das Team versammelte sich um ihn.

„Scheiße", murmelte Bultcher und fuhr sich über sein Gesicht. Unter den Opfern befand sich tatsächlich Todd Montero, einer der fünf Undercover-Agents. Des Weiteren erschienen Profile dreier Laboranten. Plötzlich öffneten sich die Fahrstuhltüren, herauskam ein gehetzter Marine.

„Was kann ich für Sie tun, Privat?", fragte Sheffield.

„Es gab einen Treffer in Shaw, Sir. Zwei Männer, Sir. Drei Agents dürften sie jeden Moment hierherbringen, Sir."

„Gut gemacht, Privat. Die beiden Männer sollen in getrennte Verhörräume gebracht werden", befahl Sheffield. Schon war der Privat wieder verschwunden.

Keine fünf Minuten waren vergangen, da saßen die zwei Hauptverdächtigen bereits in den Verhörräumen. Während sich Sheffield und Coon in den Beobachtungsraum stellten, setzte sich Bultcher einem der Verdächtigen gegenüber und trug ihm seine Rechte nochmals vor. Danach schlug er eine Akte auf und las laut vor: „Hernàn Tulio. Geboren in Santa Fe, New Mexico. Ist Ihnen die Länge Ihres Vorstrafenregisters bekannt? Ihrem Ausdruck nach ja. So, was hätten wir denn da? Oh, das ist gut. Nötigung, schwere Körperverletzung, Hochstapelei und Insiderhandel. Das alles in Ihren Lebensjahren vierzehn bis siebzehn. Mit achtzehn Jahren kamen Sie dann für ein Jahr in den Knast. Bereits wenige Tage nach Entlassung gab es eine Anzeige wegen Beihilfe an einem Verbrechen. Hinzukamen Bestechung, gemeiner Diebstahl und ein bewaffneter Raubüberfall. Im Alter von einundzwanzig Jahren wanderten Sie erneut für drei Jahre ins Gefängnis. Weitere fünf bekamen Sie für Erpressung, Erregung öffentlichen Ärgernisses und Freiheitsberaubung in Form einer Entführung. Alles sehr abgemilderte Strafen. Es ist nicht zu leugnen, dass Sie einen sehr guten Anwalt hatten. Die Betonung liegt auf *hatten*. Wie dem auch sei, ich könnte jetzt weiter vorlesen bis zum versuchten Bombenanschlag vor zehn Jahren. Sie sind jetzt zweiundvierzig und vor einem dreiviertel Jahr erst aus dem Knast gekommen, also warum?"

Sheffield schaute kurz zu Coon, dann wieder durch die einseitig verspiegelte Scheibe. Coon verschränkte die Arme und grinste. Sein Blick hatte sich auf Bultcher festgesetzt. „Er ist ruhig wie ein Fels."

„Ein Vorbild für jeden Fels."

„Vor meiner Zeit beim NYPD durfte ich einmal ein Verhör führen."

„Und wie ist es ausgegangen?"

„Ich haute dem Kerl eine rein, woraufhin er auspackte", erklärte er. „Seit ich jedoch beim NYPD bin, lautet meine Devise: Serviere ihnen ein Motiv, gewürzt mit einer Prise Interpretation deinerseits, und schon knicken sie nach wenigen Minuten ein."

Der Agent stimmte ihm nickend zu. „Ja, das ist ein gängiges Verfahren. Soll ich Ihnen mal was erzählen? Ich finde immer die Verdächtigen witzig, die sich, wie soll ich sagen, heroisch darstellen wollen." Coon grunzte belustigt. Er verstand, wovon sein Nebenmann sprach. In der Tat war so etwas immer wieder erheiternd.

„Ich will Immunität!", brüllte der zweite Verdächtige, Omar Cain, und zerrte an seinen Handschellen. O'Shea, der die Vernehmung im Alleingang führte, blieb gefasst und fragte: „Vor was? Diphtherie? Die können Sie haben, nur nicht von uns." Cain schlug mit den Fäusten auf den Tisch. „Mann, ich will erst 'nen Deal aushandeln!" O'Shea blieb weiter unbeeindruckt. Er schwieg ihn an, machte sich Notizen.

Unterdessen klingelte Snieks' Telefon. Das Gespräch verlief recht schnell und ruhig. Ein gutes Omen, fragte die Ungewissheit in Grants Kopf. Snieks hatte ihr Telefon nicht weggesteckt, sondern wählte eine andere Nummer. „Robert", sprach die Agentin, „Die Suche wurde abgebrochen. Embassy Row und Foggy Bottom wurden für sicher erklärt." Ein großer Fortschritt, dachte sich die New Yorker Polizistin. Das FBI hatte also die Richtigen erwischt. Auf der anderen Seite des Spiegels war es weiterhin still.

„Wieso hat das mit Ihnen und Adam nicht gehalten?", platzte es daraufhin unwillkürlich aus Grant.

Snieks stieß Luft aus. „Tja, wie soll ich das sagen? Wir waren zu verschieden. Das fing schon bei unseren Lebensstilen an.

Er wollte mit seinem Reichtum oft imponieren, ich wollte es lieber bodenständig. Oder unsere Interessen. Das Einzige, was wir gemein hatten, waren die Musik und der Sport. Prinzipiell wollten wir beide in unterschiedliche Richtungen", erklärte sie. Grant ließ die Worte sacken. Konnte ihr dasselbe widerfahren? Sie schob den Gedanken beiseite. „Er ist mir noch oft ein Rätsel", sagte sie. „Seit dem Vorfall damals wirkt er verändert – auch wenn ich ihn zu dem Zeitpunkt noch nicht lang kannte." Snieks guckte sie mit fragender Miene an. „Adam arbeitete vor drei Jahren als Berater in meinem Team - für zwei Wochen oder so. Er wäre bestimmt auch länger geblieben, wäre da nicht dieser Typ, Bertram Brick, aufgetaucht. Die beiden kannten sich durch die FINK-Gesellschaft. Adam agierte dort als Mentor für Brick."

„Und das Wiedersehen der zwei war ausschlaggebend für sein weiteres Verhalten?" Snieks war unbehaglich zumute.

„Teilweise, schätze ich", antwortete Grant. „Waren Sie schon mal bei ihm zuhause?"

„Ja."

„Und wissen Sie auch, wer dort vorher wohnte?"

„Nein."

„Adam mit seiner Frau und seiner Tochter. Jeder, der auch nur ansatzweise bei klarem Verstand ist, hätte diesen Loft

116

verkauft und nicht von Grund auf sanieren lassen! Ein paar Jahre nach dem Blutbad."

Die FBI-Agentin schaute erschrocken. „Welches Blutbad?"

„Das seiner Familie. Die zwei wurden brutal ermordet, ihre Kehlen aufgeschlitzt." Snieks schlug die Hand vor den Mund. „Oh Gott, von wem?"

„Brick", entgegnete ihr Grant kühl. „Was er aber erst in den zwei Wochen beim NYPD erfuhr."

Snieks blieb sprachlos. Das alles hatte sie nicht gewusst.

Wenn sie bereits so anfällig darauf reagierte, wie musste sich dann Coon gefühlt haben?

KAPITEL SECHS

Coon, ich mag Sie. Und wollen Sie wissen, warum?
Weil wir uns in vielem ähnlich sind", meinte Sheffield.
Coon lachte auf. „Ha, wenn Sie meinen." Die Tür zum Be-
obachtungsraum öffnete sich und Bultcher trat ein.
„Ich glaube nicht, dass Tulio noch etwas sagen wird."
Sheffield nickte. „Dann sorgen Sie dafür, dass die zwei in
Verhörraum 5 kommen. Und Sie, Coon, kommen mit mir mit,
wir beide werden Tulio und Cain vernehmen."

Sobald die Handschellen am Tisch befestigt waren, begann
Sheffield mit der Befragung. „Ich bin Supervisory-Agent Ro-
bert Sheffield, und das ist -"
„Kein Cop! Nicht mit diesem Haarschnitt", meinte Omar Cain
aufmüpfig. Coon durchbohrte den Kerl förmlich mit seinem
Blick. Er knöpfte sein Jackett auf und lehnte sich in seinem
Stuhl zurück. Und wenn ich Ihre Haare sehe, bezweifle ich

ernsthaft, ob ich so viel essen kann, wie ich kotzen will, sagte er in seinen Gedanken.

„Eine Mordermittlung ist kein Dreibeinlauf. Das wissen die werten Herren doch hoffentlich", Sheffield schaute zwischen den Verdächtigen hin und her. Hernàn Tulio blieb ruhig, nur Cain musste wieder seinen Senf dazugeben. „Mir gefällt Ihr Ton nicht."

„Und mir gefällt Ihre Visage nicht. Kann ich etwas dagegen tun? Nein", konterte Coon.

„Sind Sie immer so vorlaut?"

„Nur dienstags. Pech für Sie, heute ist Dienstag."

Der Verdächtige kochte vor Wut. „Eins sollten Sie wissen, mein Vater ist Diplomat. Sobald er hiervon erfährt, sind Sie in Null-Komma-Nichts Ihren Job los!" Unbeirrt fuhr Coon mit seiner Satire fort. „Ach ja, das Diplomaten-Völkchen. Die dürfen alles, aber müssen nichts. Das muss toll für Ihren Vater sein. Nur leider greift eine Immunität immer nur im Empfangsland und nicht im Heimatland."

Cain ruckelte an den Handschellen, im Glauben, dass sie sich auf diese Weise irgendwann öffnen würden. „Was für Idioten arbeiten hier eigentlich?"

„Die besten in ganz D.C.", antwortete Sheffield.

Cain lehnte sich zum FBI-Agent. „Hören Sie, Mister, wir waren es nicht!"

„Fangen Sie nicht mit *Mister* an, Mister Cain", brummte der Agent. Sofort wurde Cain wieder herablassend. „Warum, weil Sie in Wirklichkeit 'n Weib sind?" Sheffields Gesicht verhärtete sich, seine Hände waren zu Fäusten geballt. Der Kerl hatte das Fass zum Überlaufen gebracht. Die Augen des Agents verengten sich. „Noch so ein Spruch und es klatscht was -"

„Aber keinen Beifall", fügte Coon hinzu und stand auf. Er ging um den Tisch herum und packte Cains Schultern von hinten. „Robert, wir sollten nicht sauer auf den jungen Omar sein, wir sollten ihm zutiefst verbunden sein. Denn wen sollten wir hassen, wenn der alte Knabe hier nicht wäre?" Er ließ ihn los, blieb jedoch hinter ihm stehen.

„Das, was Sie sich erlauben, ist unerhört", wie wild fuchtelte Cain mit seinem Zeigefinger herum.

„Ganz ruhig", beschwichtigend hob Sheffield die Hand. „Ist doch alles in Ordnung. Keiner ist schwanger geworden und keiner hat gekotzt." Der Unternehmer und der Bundesagent verfielen in ein Gelächter, auch Tulio, der bis jetzt noch nichts gesagt hatte, schmunzelte.

„Okay, kommen wir zur Sache", sagte Coon neutral. „Der

Sachverhalt und Ihre Lage werden Ihnen gleich nochmal erläutert, nun liegt es aber an Ihnen. Wollen Sie es mit Zuckerguss oder direkt zwischen die Augen? Egal, wie Sie sich entscheiden, es kostet mich beides nur ein Lächeln und einen halben Dollar. Also, Robert, wie sieht es aus?"

Der Agent rieb sich das Kinn. „Ich bin mir nicht sicher. Eventuell Erpressung plus Mord."

„Wirklich? Ich würde die Taten der beiden Männer eher als Terrorismus einordnen. Darauf steht lebenslänglich, und wenn die zwei ganz großes Pech haben, verfrachtet das FBI sie mir-nichts-dir-nichts, ganz unauffällig, in den wunderschönen Bundesstaat Virginia, wo dann ein atemberaubender elektrischer Stuhl auf sie warten würde." Tulio und Cain wurden kreidebleich und schluckten heftig. Grinsend setzte sich Coon in seinen Stuhl. „Schockierend, nicht wahr? Sie werden, leider Gottes, die Faust von Justitia aufs Übelste zu schmecken bekommen, kapische?" Schweigen. „Ob Sie alles verstanden haben?", fragte er mit Nachdruck.

Tulio erwiderte den eisernen Blick des Beraters. „Sí, sí. Todo excepto kapische. Alles bis auf kapische", antwortete er mit holprigem Englisch und schwerem spanischen Akzent. In der Zwischenzeit hatte Cain neues Selbstbewusstsein geschöpft und gab, hochnäsig wie er war, Kontra. „Ich würde lieber keine Theorien präsentieren, an die ich selbst nicht glaube. Oder sind Sie wirklich der Überzeugung, ich sei ein Terrorist?" Coon und Sheffield wandten sich zu dem zweiten Verdächtigen.

„Hernàn", begann Sheffield, „erzählen Sie doch mal ein bisschen. Zum Beispiel was Ihr Motiv für all die Blutbäder in den Kläranlagen war?" Der Verdächtige senkte seinen Blick zur Tischplatte. Unbewusst bewegte er seine Lippen, aber nicht seine Stimmbänder. Er suchte nach dem passenden Vokabular. Nach einer Weile schaute er wieder zu Coon. „¿Qué motivo? Welche Motiv? No tengo uno. Ich keins haben, weil ich - weil - no - porque yo no lo hice!" Tulio war nicht nur außer sich, sondern auch schwer von Begriff. Glücklicherweise verstanden Coon und Sheffield Spanisch.

„Sind Sie ein Spion?", fragte der NYPD-Berater plötzlich.

„Mir kommt es so vor, als wären Sie einer. Denn Spione haben keine Motive, sie haben Befehle." Verwirrt zuckten Tulios Augen von links nach rechts. Er wusste nichts dagegen anzubringen. Coon winkte ab. „Okay, Spaß beiseite. Den Aufzeichnungen zufolge sind Sie zwei nur wenige Stunden nach den Morden in Dover mit dem Flugzeug hierher nach D.C. geflogen."

„Und da denken Sie, dass wir die Täter sind?" Coon nickte.

„Das ist doch völlig an den Haaren herbeigezogen! Kompletter Schwachsinn! Wie hätten wir denn bitte schön Waffen oder so mitführen können, ohne erwischt zu werden?"

Sheffield zuckte mit den Schultern. „Beschaffung vor Ort. In Ihren Hotelzimmern haben wir *schweres Werkzeug* gefunden. Revolver, Messer in verschiedenen Größen, eine Flex. Sturmhauben, Schuhe ohne Profil an der Sohle, mehrere Paare Latexhandschuhe."

„Wir niemanden auf Kläranlagen umgebracht", sagte Tulio nervös. Coon tippte ungeduldig mit den Fingerkuppen auf den Tisch. „Und jetzt nochmal die Wahrheit, Hernàn", forderte er. Der Angesprochene schaute fragend zu Omar Cain. „Gnade dir Gott, wenn du auch nur ein Wort *darüber* verlierst", funkelte ihn dieser wutentbrannt an. Sheffield mischte sich ein. „Sie sollten lieber gestehen, denn er", der Agent zeigte auf Coon, „und ich", jetzt auf sich selbst, „werden der Staub sein, aus dem Ihre Albträume sind."

Letzten Endes knickte Hernàn Tulio ein und erklärte, dass die ganzen Materialien für einen Bankraub gedacht waren, welcher in vier Tagen steigen sollte.

Auf einmal wurde die Tür zum Verhörraum aufgerissen.

Bultcher und Snieks kamen hereingestürmt. Der Senior Field Agent drückte seinem Vorgesetzten ein Dokument in die Hand. In fettgedruckten Buchstaben las Sheffield: Durchsuchungsbeschluss für Daten im öffentlichen Verkehrswesen.

Er schaute zu Snieks und fragte: „Was haben Sie noch für mich?"

„Drei Tote im Gregory Hope."

Sheffield verließ den Vernehmungsraum und ging in das Großraumbüro. „Dann werden wir uns das mal ansehen", verkündete er. „Bultcher, Sie fahren mit Cassandra. O'Shea und Grant, Sie beide fahren mit mir." Die fünf standen bereits im Aufzug, als Coon rief: „Und was ist mit mir, soll ich allein fahren?"

Sheffield lugte aus dem Fahrstuhl. „Nein, Coon. Sie werden hierbleiben und warten, bis wir zurück sind. Verfolgen Sie am besten die Nachrichten um das Thema Gregory Hope."

„Aber ich kann helfen!", protestierte er.

„Ja, indem Sie fleißig Nachrichten gucken und präsent sind."

Die Türen schlossen sich, und Coon fühlte sich alleingelassen. Ihm blieb jedoch nichts anderes übrig, also schaltete er den Fernseher ein.

Ein US-Marshal führte die Bundesagenten zum Ort des Geschehens. Von weitem sah man bereits den ersten leblosen Körper und eine riesige Blutlache. Das Blut roch streng eisenhaltig. „Ihr wisst, was zu tun ist", brummte Sheffield und ging zum Pathologen Edward D. Tucker.

„Hallo, Robert", begrüßte dieser den Supervisory-Agent. „Ich bin zwar erst bei unserem zweiten Opfer, aber es ist leicht ersichtlich, dass alle drei Opfer ihren Stichwunden erlegen sind. Wie kann man nur etwas so Furchtbares tun?"

„Ed, das fragst du mich jedes Mal, wenn ich zu einem Tatort mitkomme. Und jedes Mal sage ich dir -"

„Dass du es nicht weißt, weil jeder Mörder anders tickt, ja, ja."

„Robert!", rief Bultcher und kam auf ihn zu. „Die Kameras", er deutete in verschiedene Richtungen, „wurden alle mit grünem Lack übersprüht."

„Sagtest du grün?", fragte O'Shea. Bultcher nickte, woraufhin O'Shea alle zu sich winkte. Vor ihnen auf dem Boden stand in grünen Druckbuchstaben:

Wer zuerst kommt, sticht zuerst. Liebe Grüße.

Snieks löste den Deckel von ihrem Kameraobjektiv und schoss ein Foto von den Schriftzügen. Unterdessen tütete

Bultcher einen winzigen Zigarettenstummel ein, der ein paar Meter daneben lag. Grant schaute sich weiter um und ging zurück zu den Leichen. Sie hockte sich neben Tucker und begutachtete die Frau. Die Totenstarre hatte anscheinend noch nicht eingesetzt. Keinerlei Erstarrung der Muskulatur war zu erkennen. Ihr Blick wanderte zu dem Messer, welches Tucker gerade in der Hand hielt. Irgendetwas kam ihr daran merkwürdig vertraut vor. Sie dachte nach, dann fiel es ihr wie Schuppen von den Augen. Das silberne Emblem am Heft. Es war ein Wolfskopf wie der an Coons Reversnadel. Hatte es etwas zu bedeuten? Sie konnte sich gar nicht lange an dem Gedanken aufhalten. Sheffield pfiff das Team zusammen, um zur Zentrale zurückzufahren. In einem unbemerkten Augenblick machte sie schnell ein Foto davon und eilte dann den anderen hinterher. Sie wollte das Messer unbedingt Coon zeigen. Vielleicht konnte er Licht ins Dunkel bringen.

Warum öffneten sich alle Fahrstuhltüren mit diesem nervigen Ton? Grant wusste es nicht. Coon sprang von seinem Stuhl auf. „Nichts", war das Erste, was er sagte.
„Ich weiß", meinte Sheffield, „auf der Fahrt hab' ich mit McCormick gesprochen. Der Attorney General hat eine Nachrichtensperre für Gregory Hope verlasst."

„Und sonst irgendetwas?", wollte er wissen.

„Kameras übersprüht. Merkwürdigerweise keine Zeugen. Nur ein Zigarettenstummel, an dem wir vielleicht DNA finden können", zählte Snieks auf.

„Okay, lasst uns zuerst alles notieren, was wir bis jetzt wissen. Dann werden wir nochmal die Außenkameras sichten. In der Zwischenzeit erreichen uns hoffentlich neue Ergebnisse aus dem Keller", wies Sheffield an und entledigte sich seines Jacketts.

Während sich die anderen an die Arbeit machten, holte Grant Coon zu sich und zog ihn in eine abgelegene Nische. „Was ist los?", fragte er.

„Ich hab' ein ziemlich beklemmendes Gefühl."

„Ich verstehe nicht ganz", verwirrt schaute er ihr in die Augen. Grant trat näher an ihn heran, damit sie auch wirklich keiner außer Coon hören konnte. Sie zog ihr Telefon aus der Tasche und öffnete die Bilddatei vom Tatort. Zögerlich nahm Coon das Telefon an sich. „Kommt dir an dem Messer irgendetwas bekannt vor?", wollte sie ungeduldig wissen.

„Schöner Finger. Wirklich, ich liebe ihn abgöttisch, aber der sieht nicht aus wie ein Messer", schmunzelte Coon.

Der Lieutenant entriss ihm das Telefon. „Fuck!", knurrte sie und löschte das Bild.

„Ist es wichtig, dass ich es sehe?" Grant nickte eilig. „Okay", meinte er, „dann gehen wir in den Keller zur Forensik und lassen uns dort das Messer zeigen." Er griff nach ihrer Hand und machte sich auf den Weg.

Unten angekommen, begrüßten sie die Klänge von Modest Mussorgskijs Der Feldherr. Vorbei an dutzenden Regalen mit Chemikalien und diversen Gläsern, trafen sie endlich auf die Spezialistinnen Lisa Johnson und Emely Bogard-Sutherland. Beide saßen mit dem Rücken zu Coon und Grant an einem Tisch. Verschiedene Gerätschaften waren im Betrieb, was den Lärmpegel nicht minimierte. Coon hatte inzwischen die Quelle der Musik ausgemacht und stellte sie nun leiser.

„Du kommst genau richtig, Jackl. Lisa und ich haben was." Sie drehte sich auf ihrem Stuhl und erschrak. „Mr. Coon, Lieutenant Grant, Sie sind's."

„Wer ist Jackl, wenn ich fragen darf?", Coon guckte neugierig zu Johnson und Bogard-Sutherland. Lächelnd winkte Johnson ab. „Ach, das ist nur Emelys Spitzname für Agent Bultcher."

„Sie sagten, Sie hätten Ergebnisse für uns?", hakte Grant nach. Johnson rollte auf ihrem Stuhl zurück und stand auf. In der Hand hielt sie eine Tüte, die von innen blutverschmiert war. „Mit der DNA vom Zigarettenstummel konnten wir bis jetzt nichts anfangen. Viel interessanter erschienen uns da die Fingerabdrücke auf dem Messer. Emely lässt sie gerade mit der FBI-Datenbank abgleichen."

Grant wurde hellhörig. Bei ihrem Verdacht würde diese Datenbank mit hoher Wahrscheinlichkeit nicht ausdienen.

„Dürfen wir das Messer eventuell näher betrachten?", fragte sie. Die Kriminaltechnikerinnen nickten unisono. „Solange Sie beide Handschuhe tragen", mahnte Bogard-Sutherland. In dem Regal neben ihnen befand sich griffbereit eine Box mit Einweghandschuhen. Coon und Grant zogen sich jeweils ein Paar über und setzten sich ebenfalls an den Tisch.

„Das ist Damaststahl", war das Erste, was Coon feststellte, nachdem Grant das Messer aus der Tüte geholt hatte. Vorsichtig nahm er es und drehte es langsam. Ihm stockte der Atem, als ihm der Wolfskopf entgegenblickte. Grant legte eine Hand auf seinen Unterarm. „Adam, kannst du dazu etwas sagen? Ich meine, du hast dasselbe Symbol bei dir zu Hause als Reversnadel." Coon legte das Messer auf den Tisch. Er zog sich die Handschuhe von den Fingern und flüchtete in den Aufzug. Grant folgte ihm, musste aber den zweiten

Aufzug benutzen. Fast zeitgleich kamen sie im Großraumbüro an. „Adam!", sagte sie und hob ihre Stimme.

Er ignorierte sie einfach und schnappte sich seinen Mantel.

Der Blondschopf packte ihn am Arm. „Adam, ist es das, was ich denke?" Er antwortete ihr nicht, und sie packte ihn kräftiger. „Adam!"

„Was? Was willst du von mir hören? Eine Bestätigung? Ist es das, was du von mir hören willst?", er brüllte sie mittlerweile an. „Ja, Melinda, ja! Es ist das Signet von FINK!"

„Dann hör auf, mich anzuschreien und sag mir, was auf einmal mit dir los ist", zischte sie.

„Nein, ich gehe jetzt. Ich will mit diesem Fall nichts mehr am Hut haben. Nicht nachdem mir FINK meine Frau, meine Tochter und schließlich auch noch meine Eltern genommen hat", seine laute Stimme erstickte am Ende des Satzes, und er brach in Tränen aus. Ein seltenes Bild. Er hatte zwar nie das beste Verhältnis zu seinen Eltern gehabt, dennoch schmerzte es, zu wissen, dass er sie das letzte Mal lebend gesehen hatte, da war er gerade einmal neunzehn gewesen. Das lag jetzt über zwei Jahrzehnte zurück. Coon dachte an den Tag, als sie starben. Es war Heiligabend letzten Jahres.

Sein Vater hatte ihn wenige Tage zuvor in seinem Büro angeru-
fen mit der Bitte, ihn schnellstmöglich zurückzurufen. Coon war-
tete bis zum Abend, als ihn endlich der Mut einholte, und er zum
Hörer griff. Sie wollten sich am 24sten bei ihm in D.C. treffen, sich
aussprechen. Vergeben und vergessen, wie man so schön sagte.
Doch daraus wurde nichts. Kurz vor der Ankunft seiner Eltern,
zehn Blocks von seinem Loft entfernt, wurde das Taxi der beiden
auf einer vielbefahrenen Kreuzung von einem anderen Wagen ge-
schnitten. Der Taxifahrer wich aus und wurde gleich darauf von ei-
nem Langhauber erfasst. Die drei im Taxi waren noch an der Un-
fallstelle verstorben.

Coon wischte sich die salzigen Tränen aus seinem Gesicht.
Die Augen waren gerötet, und der Blick war leer. Er hatte die
Protokolle gelesen, für ihn war das Wort Unfall nicht tref-
fend. Und der Fahrer des anderen Wagens war ihm furchtbar
bekannt vorgekommen. „Nachdem die beiden tot waren, ist
mir klargeworden, selbst wenn ich mich an Brick rächen
sollte, wird es mir Kate und Grace nicht zurück-bringen. Ich
habe von allem, was mit FINK zu tun hat, abgeschworen. Ich
habe mit FINK sowie mit dem Tod meiner kompletten Familie abgeschlossen. Wollte und will es noch immer vergessen."
Er kniff die Augen zusammen und holte tief Luft, versuchte

sich zu beruhigen, was ihm aber nicht gelingen wollte. Grant zog ihn mit sich in einen der Verhörräume. Sie wollte nicht, dass die FBI-Agents weiter mithörten. Sobald sie die Tür geschlossen und sich zu Coon gewandt hatte, nahm sie sein Gesicht in ihre Hände. „Hör auf, das zu sagen", wisperte sie selbst den Tränen nah. „Der Verlust von Frau und Tochter war ein großer Wendepunkt in deinem Leben, der dich belastet hat und es noch immer tut. Das ist wie eine Krise, die dich, ob du es willst oder nicht, dein ganzes Leben über begleiten wird, wenn auch nicht offensichtlich." Eine einzelne Träne irrte über seine Wange. Grant hielt weiterhin sein Gesicht. „Eine Krise, Melinda, kann jeder Idiot haben. Was uns wirklich zu schaffen macht, ist der Alltag. Und genau da, wo wir jetzt stehen, ist der Alltag. Er ist schrecklich und erdrückend. Mit FINK übersät." Grant schaute ihm tief in die Augen. Sie legte ihre Hand auf seinen Hinterkopf und drückte ihre Stirn an die seine. Sie führte ihre Lippen an seine und küsste ihn kurz. „Besser?", fragte sie danach. Coon nickte leicht und zwang sich ein Lächeln auf. „Kann ich dich was fragen, Adam? Wie sehr magst du mich?" Perplex schaute Coon sie an.

Aus Traurigkeit wurde Zorn, die Tränen waren versiegt.

„Was soll das werden? Warum kommst du jetzt mit so etwas an?", seine Stimme wurde wieder lauter.

„Ich will's nur wissen", antwortete Grant.

Coon baute sich bedrohlich vor ihr auf. „Was hat Cassandra Snieks gesagt?"

„Nichts", zuckte sie mit den Schultern. „Also, magst du mich?"

„Nein!", schrie er. Das traf sie schwer. Doch nur eins seiner Betthäschen, dachte sie sich.

„Findest du mich überhaupt hübsch?"

Coon schüttelte den Kopf. „Nein", sagte er leiser als zuvor.

„Bin ich in deinem Herzen?"

Diesmal war das Nein nur noch ein Flüstern.

„Okay", schluckte Grant, „letzte Frage, obwohl ich die Antwort eh schon weiß. Wenn ich weggehen würde, also sterben würde, würdest du um mich weinen?" Seine Lippen formten ein klares Nein. Wortlos drehte sie sich um und verließ wütend und irritiert den Raum.

Dieses Arschloch kann mir gestohlen bleiben, sagte sie sich und studierte die neuen Informationen zum Anschlag in D.C. Erstes Opfer, der dreiundvierzigjährige Richard Daibach,

Maschinist. Zweites Opfer, die vierundzwanzigjährige Laborantin Candies Victorian. Drittes Opfer, Philipp Madison, neununddreißig Jahre alt, technischer Assistent. Plötzlich öffnete sich ein neues Fenster auf dem Flatscreen. Die Ergebnisse aus dem Labor. Es erschienen ein Bild und ein Name. Nicholas Arthur. Hellbraune Haare. Ein starrer Blick durch dunkle Augen. Ein kantiges Gesicht. Informationen, die man aus dem Bild entnehmen konnte. Lebensdaten und Vorgeschichte gab es keine. Ein Indiz, welches auf FINK deuten ließ.

Coon lief gerade zum Fahrstuhl, als Sheffield ihn zum Team rief. „Adam, Sie arbeiteten für die Gesellschaft. Kennen Sie den Kerl?" Er mied jeglichen Blickkontakt und konzentrierte sich voll und ganz auf den Namen und das Bild. „Nicholas Arthur ... Nicholas. Nick Arthur! Er war vierzehn, als er zu uns kam. Michael Olivander hatte ihn von der Straße aufgesammelt. Der Blizzard tobte zu dieser Zeit unaufhörlich. Er dürfte jetzt dreiundzwanzig oder so sein. Nick ist emotionslos, schnell, klug und sehr geschickt mit dem Messer." „Und warum ließ er dann Zigarette und Messer zurück, wenn er doch eigentlich so intelligent ist?", fragte Snieks argwöhnisch.

134

„Fehler sind menschlich. Passiert jedem, dass er mal etwas vergisst. Mir auch ... Wissen Sie was, suchen Sie nach seiner Anschrift am besten bei Interpol, die haben mehr Infos als das FBI. Ich versichere Ihnen, wenn Sie das geschafft haben, dann haben Sie ihn so gut wie." Schon stand er wieder am Aufzug.

„Als ob jemand wie er eine Anschrift hat", meinte Bultcher.

„Und ob er die hat! Glauben Sie mir jeder, wirklich jeder, macht irgendwann in seiner Laufbahn als Attentäter den Ausrutscher und besorgt sich einen festen Wohnsitz. Bestes Beispiel moi, obwohl man mir die ganze Zeit einredete, diesen Fauxpas nicht zu begehen." Er trat in den Aufzug ohne ein weiteres Wort.

Bultcher lockerte seine Krawatte und ließ sich in seinen Stuhl fallen. „Wie geht's jetzt weiter?", wollte er von Sheffield wissen.

„Das liegt ganz in Ihrer Hand, Jacob. Hiermit übergebe ich Ihnen das Kommando. McCormick hat mir gesimst, er will mich umgehend in seinem Büro sehen." Damit waren sie nur noch zu viert. Snieks, Grant, Bultcher und O'Shea. Zerstreut fuhr sich der Senior Field Agent durchs Haar. „Okay, sobald wir eine Adresse haben, heißt es: rein, raus, fertig. Dann haben wir Nick Arthur, bringen ihn hierher und sorgen dafür, dass das ein Ende nimmt", verkündete er, und O'Shea grinste bis über beide Ohren. „Genau dasselbe hab' ich immer gesagt, bevor ich mit 'ner Frau in die Kiste gestiegen bin. Rein, raus, fertig."

„Du bist verheiratet, Danny!", warf Snieks empört ein.

„Das heißt nicht, dass ich davor keinen Spaß hatte", sagte er und wackelte mit den Augenbrauen. Grant schüttelte den Kopf. „Zu viele Details für den Moment."

Danach schickten sie eine Anfrage an Interpol und auf Ergebnisse. Wenig später spuckte die Datenbank auch schon elf Profile aus. Nur eines war das richtige, und zwar Nummer sieben. Interpol hatte in der Tat weit mehr zu bieten.

Nicholas Benedikt Arthur.

Geboren am 25. Juli 1992 in Petoskey, Michigan.

Die Mutter war abgehauen.

Der Vater gestorben an einem Milzriss.

Und der kleine Nick ... mit fünf ins Heim gekommen, mit zwölf von dort geflüchtet. Lebte laut Coons Auskunft also zwei Jahre auf der Straße, bevor er einer von FINK wurde.

Tatsächlich gab es auch eine aktuelle Anschrift von Arthur. Warum wusste Coon immer über alles und jeden Bescheid?

Bultcher stellte sich vor das Team und führte noch schnell seinen Gedanken zu Ende, ehe er anfing zu sprechen. „Zuerst beschaffen wir uns einen Gebäudeplan von Arthurs Domizil. Als Nächstes werden wir mögliche Fluchtwege von ihm bestimmen. Danach machen wir eine Taktik aus, wer zuerst reingeht, wer wem Rückendeckung gibt und so. Zum Schluss gehen wir alle nach Hause, es ist bereits spät, und die Aufgaben werden die Zeit ganz bestimmt nicht zurückdrehen.

KAPITEL SIEBEN

Der Plan für morgen stand. Fehlten nur noch die Einsatzkräfte. Weshalb Grant mit einem Taxi auf dem schnellsten Weg zu Coons Loft fuhr. Wirklich erfreut darüber, bei ihm in unmittelbarer Nähe schlafen zu müssen, war sie in keiner Weise. Aber erst recht nicht wollte sie durch die Stadt irren auf der Suche nach einem freien Hotelzimmer. Vor der Wohnungstür angekommen, blieb sie stehen und klopfte. Insgesamt fünfmal klopfte sie, danach griff sie in ihre Handtasche. Zum Vorschein kamen Spanner und Hook. Wissen musste davon niemand, das würde nur Fragen aufwerfen. Es dauerte einige Zeit, um mit dem Hook alle Stifte im Türzylinder herunterzudrücken, da ihr Spanner den Kern nur minimal auf Spannung bringen konnte. Der letzte Stift war gesetzt, jetzt den Spanner nur noch um neunzig Grad drehen und schon war die Tür geöffnet.

138

Es war stockduster im Loft. Grant schaltete das Licht ein und schaute in jedes Zimmer, ging sogar die Treppe zu einem geräumigen Arbeitszimmer hinauf. Doch kein Coon weit und breit. War er in seiner Firma? Grant zückte ihr Telefon, während sie den Raum weiter inspizierte.

„*COON Company*. Was kann ich für Sie tun?", fragte plötzlich eine freundlich klingende Stimme am anderen Ende der Leitung.

„Melinda Grant, hallo. Ist Adam zu sprechen?", wollte sie wissen.

„Nein, tut mir leid. Mr. Coon war heut den ganzen Tag noch nicht da. Soll ich ihm etwas ausrichten?"

„Nein, danke." Grant hatte aufgelegt, und ihre Aufmerksamkeit galt einer kleinen Ecke, versteckt hinter mehreren Bücherregalen. Ihr fiel die Kinnlade herunter. Alles war tapeziert mit Notizen, Fotos und Berichten sowohl aus den Medien als auch aus Polizeiarchiven. Selbst ein Teil der Fenster war damit bedeckt. In den Notizen tauchten immer wieder zwei Wörter auf. Motiv und Brick. Brick, der Name hing ihr langsam zum Hals heraus. Seinetwegen war er damals gegangen. Seinetwegen hatten sich Grant und Coon gestritten. Sie sah sich die Fotos genauer an. Auf den meisten waren Leichen zu sehen. Zwar stand unter den Bildern nichts

Genaueres, trotzdem wusste sie, um wen es sich handelte. Katherine, die kleine Grace und Mr. und Mrs. von Lixton. Vor ihrem inneren Auge spielte sich ab, wie Coon stundenlang hier saß, nachdachte. Alles nochmal in seinem Kopf abspielen ließ. Sich daran versuchte, ein Motiv für Brick zusammenzupuzzeln. Sie nahm zwei der Bilder von der Wand ab. Eins zeigte ein gigantisches Fabrikgebäude und zwei Menschen, die davorstanden. Grant las die Bildunterschrift. *Erdgas-Oligarch Mason-Alexander von Lixton eröffnet neue Erdgas-Raffinerie. An seiner Seite seine schwangere Ehefrau Chloë von Lixton.* Das andere war ein Privatfoto, nicht von der Presse. Ein kleines Polaroid. Darauf zu sehen Coon mit einer jungen Brünetten, die ein Baby auf dem Arm hielt. Er sah anders aus, viel glücklicher und fröhlicher. Grant hängte die Bilder zurück und stieß auf ein weiteres. Im Hintergrund das Anwesen und der Teich von John Quincy Adams im Meridian Hill Park, besser bekannt als Malcolm X Park. Im Vordergrund Braut und Bräutigam. Coons Hochzeitsfoto. Auch dieses Bild fand seinen Weg zurück an die Wand, bevor Grant nach unten ins Schlafzimmer stapfte, um sich endlich auszuruhen.

11. November, 2015.

Coon war die Nacht über nicht nach Hause gekommen und hatte sich auch nicht in seinem Büro gemeldet, als wäre er wie vom Erdboden verschluckt. Grant selbst stand seit circa zehn Minuten mit Snieks, O'Shea und Bultcher vor Nick Arthurs Wohnhaus. Bultcher wandte sich zu seinen Kollegen. „Gut, ich würde sagen, los geht's. So wie besprochen." Als sie an Arthurs Wohnungstür ankamen, klopfte O'Shea mit aller Kraft an die Tür und schrie: „Nicholas Arthur! FBI! Machen Sie die Tür auf!" Nichts bis auf ein leicht gedämpftes Brüllen war zu hören. Vorschriftsgemäß zur Eigensicherung zogen die Bundesbeamten ihre Waffen und gingen hinein. Grant war die Letzte, die die Wohnung betrat, aber die Erste, die ausflippte. Coon saß gemächlich in einem Sessel mit Kopfhören in den Ohren und einem Buch in der Hand, während Arthur gefesselt durch seine eigenen Krawatten an Hand- und Fußgelenken mit dem Bauch auf dem Sofa lag. Als Knebel war ihm eine weitere Krawatte in den Mund gestopft worden. Coon schaute von dem Buch auf und zog sich die Stöpsel aus den Ohren. „Ich habe euch erwartet", sagte er gewohnt spaßend. Grant verpasste ihm einen Schlag auf den Hinterkopf und entfernte gleich darauf den Knebel aus Arthurs Mund. „Der Kerl ist völlig durchgeknallt! Kommt nachts um eins einfach in mein Schlafzimmer, verpasst mir eine, und als Nächstes wach' ich hier auf meinem Sofa auf! GEFESSELT!", maulte Arthur lauthals. Coon beugte sich zum FINK-Mitglied und drückte kräftig mit seinem Daumen über Arthurs Schulterblatt und mit Zeige- und Mittelfinger unter das Schlüsselbein. Sofort wurde dieser ruhig.

„Coon", fauchte Bultcher und steckte die SIG zurück in sein Holster. „Sie verletzen seine Rechte."

„Dessen bin ich mir bewusst.", kontert Coon nüchtern. Er legte sich sein Sakko über den Arm und stellte das Buch zurück ins Regal. „Irgendwer musste den Kleinen ja in Schach halten. Er wollte sich einfach aus dem Staub machen, schätze ich", mit seinem Fuß tippte er gegen die Reisetasche. „Na ja, ich habe intuitiv gehandelt und der kleine Trick gerade ist ja nicht gleich mordend. Geben Sie ihm fünfzehn Minuten." Ignorant schob er sich an Grant vorbei, weiter bis zu Bultcher. „Sheffield will Sie sehen", meinte dieser. „Und noch was. Sorgen Sie dafür, dass Arthur in der nächsten halben Stunde im Vernehmungsraum 2 sitzt. Grant, Sie fahren mit ihm mit. Passen Sie auf, dass er nicht noch mehr anstellt."

Längst hatten er, Snieks und O'Shea die Wohnung verlassen, als Coon Grant sein Sakko reichte. „Würdest du kurz? Danke." Er ließ seine Finger knacken. Legte seinen Kopf erst auf die eine, dann auf die andere Seite, lockerte seine Nacken-muskulatur. Er zog Arthur an seinem T-Shirt-Kragen nach oben auf die Knie. Mit einem Arm unter der Schulter gepackt, hievte Coon den Bewusstlosen über seine linke Schulter und ließ dessen Kopf gegen seinen Rücken schlagen. Arthur war leichter als gedacht. Coon nutzte seinen linken Arm, um Arthurs Beine festzuhalten und schleppte ihn zu seiner Corvette. Grant öffnete ihm die Tür zur Rückbank und schaute dabei zu, wie Coon den Verdächtigen auf die Sitzbank legte.

„Wo warst du?", fragte Grant, als sie an einer roten Ampel hielten.

„Ich habe nachgedacht."

„Das war nicht meine Frage."

„Aber meine Antwort", konterte Coon und gab Gas.

„Wo bin ich?", brummte es auf einmal von der Rückbank. Es war schwerverständlich, da Nick Arthur mit dem Gesicht zum Sitzleder lag. Die zwei ignorierten ihn. Grant wollte sich mit Coon gerade weiterunterhalten, da hatte dieser bereits geparkt und war ausgestiegen. Grant war enttäuscht – teils von sich selbst. Sie schnallte sich ab und folgte den beiden Männern ins FBI. Sheffield erwartete die drei bereits vor dem Verhörraum und nickte Grant zu. „Sie führen, Melinda", sagte er und blieb weiterhin vor der Tür stehen. Coon brachte Arthur hinein und setzte ihn auf den Stuhl.

„Ich hab' *die Wand* gesehen", gestand Grant flüsternd, während sie Coon half, die Krawatte an den Handgelenken zu lösen. Schweigend schaute er sie an. Derselbe leere, emotionslose Blick wie am Tag zuvor. Danach richtete er sich auf, warf die Kulturstricke auf den Tisch und folgte Sheffield in den Beobachtungsraum.

„Wo waren Sie? Melinda rief mich kurz nach Mitternacht an und fragte, ob Sie hier wären, weil Sie weder zuhause noch in Ihrer Firma waren."

„Ich saß an den Gräbern meiner Familie, dachte über die vergangenen Jahre nach. Das mache ich oft in letzter Zeit", erklärte Coon. „Nichts ist so, wie es einmal war. Und das nur, weil es bei mir immerzu *ICH* hieß."

„Unser Ego darf uns nicht von unserem Weg ablenken", Sheffield klopfte ihm freundschaftlich auf die Schulter.

Coon raufte seine Haare. „Ich bin es leid."

„Momentan sind Sie auf *sie* nicht gut zu sprechen, huh?"

Coon folgte Sheffields Blick und traf schließlich auf Grant, besser gesagt auf ihren Rücken. Als Antwort gab er nur ein Kopfschütteln von sich. Tränen hatten sich in seinen

Augenwinkeln gebildet. Die derzeitige Situation setzte ihm stark zu. „Wie steht es bei Ihnen mit Familie?"

Der Agent lachte auf. „Tja, die Arbeit ist meine Frau. Der Frust meine Geliebte. Und die Wut meine Bettgespielin."

Coons Mundwinkel zuckten nach oben. So eine Antwort hatte er noch nie zu hören bekommen. Sonst hieß es immer single oder glücklich verheiratet, dazu drei Kinder und ein Eigenheim mit Vorgarten.

„Außer Ihrer Frau und Ihrem Kind hielt Sie da noch ein anderer Grund davon ab, FINK nicht den Rücken zuzukehren?", wollte Sheffield wissen.

„Italienische Schuhe. Jamaikanischer Rum." Skeptisch schaute Sheffield ihn an. „Nein, natürlich nicht. Das Problem war, ich steckte mittlerweile bis zu den Hüften im Blut Amerikas Helden. Ein Ausstieg war mir zu riskant. Denn, ich muss ehrlich zugeben, die meisten, die durch mich starben, starben grundlos. Abgeordnete, Senatoren, Bundesrichter, Minister."

„Ist das eigentlich normal bei FINK?"

„Was?", fragte Coon nach.

„Ihr Auftreten und die Körpersprachen. Sie und Arthur scheinen sich sehr ähnlich."

Coon lachte. „Nein, aber Nick und ich sind uns tatsächlich in vielen Dingen ähnlich. Liegt vielleicht daran, dass wir denselben Mentor hatten. Wir verstanden uns relativ gut, obwohl er erst vierzehn war. Er brachte mir bei, wie man richtig mit dem Messer zusticht. Und ich erklärte ihm das Rechtssystem, ein bisschen Politik, wesentlichen Schulstoff … FINK prägt und das nicht im guten Sinne. Die Gesellschaft hat mich so umgepolt, manipuliert. Bei gewissen Menschen kriege ich heute schon Aggressionen, wenn ich nur ihren Namen höre. Es macht Lügner aus uns allen, dieses Geschäft mit dem Tod." Er hielt kurz inne und beobachtete Arthur. „Es ist echt witzig mit anzusehen, wie Nick uns davon überzeugen will, er sei ein einfacher Mechaniker." Sheffield nuschelte etwas vor sich hin, und Coon trat mit verschränkten Armen näher an den Spiegel. „Wissen Sie, was ein Mechaniker ist? Sie müssen nicht darauf antworten, es ist eine rhetorische Frage. Mechaniker bedeutet im Fachjargon nichts weiter als Killer."

„Das haben Sie aus einem Film", stellte der Ältere fest.

„Was es nicht weniger wahrmacht. Ich selbst wurde manchmal als Mechaniker losgeschickt. Die Tarnung erfüllt ja auch voll und ganz seinen Zweck. Man kommt überall mit seinem Werkzeugkasten rein, der eigentlich nur als Staukasten für Waffen dient." O'Shea schlüpfte leise durch die Tür, unter seinem Arm klemmte sein Laptop. „Ich glaube, dass sollten Sie zwei sich ansehen", sagte er und klappte die Gerätschaft auf.

Zu sehen war ein kleiner Korridor im Gregory Hope.

„Ich dachte, alle Kameras seien übersprüht", äußerte sich Sheffield und blickte ungläubig auf den Bildschirm. Arthur und sein Komplize waren bis jetzt nur von hinten zu sehen. Doch es dauerte nicht lange, schon drehte sich der Beimann um, sein Gesicht war wunderbar zu erkennen. Coon zwickte sich in den Arm, um aus diesem Traum aufzuwachen.

„Soll ich Lieutenant Grant Bescheid geben?", fragte O'Shea.

„Nein", antwortete Coon anstelle Sheffields und schickte Grant via SMS drei Wort. Brick ist involviert. Danach entschuldigte er sich bei den Agents und verließ den Beobachtungsraum. Er klopfte an die gläserne Tür und wartete, dass Grant die Vernehmung unterbrach und zu ihm herauskam.

„Hast du die Nachricht gelesen?", fragte er sofort.

Grant nickte. „Ja, ich hab' ihm gerade offengelegt, dass wir seinen Komplizen kennen."

„Gut, denn ab hier werde ich ihn zum Singen bringen. Ich denke, mit mir wird er reden."

„Adam, du hast schon genug getan. Stell dich wieder hinter den Spiegel. Ich will nicht, dass du dich persönlich in den Fall verstrickst", erklärte sie besorgt und schaute ihm dabei tief in die Augen. Nahm seine Hand in ihre. Wut und Frust für einen Moment vergessen.

Er setzte sein *Coon*-Grinsen auf. „Dafür ist es leider zu spät."

Er drängelte sich an ihr vorbei, hinein in den Verhörraum zu

Arthur. Als Erstes schaltete er das Aufnahmegerät aus, dann

setzte er sich dem Jungspund gegenüber. „Also, Nick -"

„Nur Freunde dürfen mich so nennen."

„Es ist zwar einige Jahre her, aber ich denke, wir können uns

durchaus noch als Freunde bezeichnen, nicht wahr, Nick?

Übrigens schicke Klamotten, gibt es die auch in Männer-

größe?" Coon provozierte ihn absichtlich, um ihn aus der Re-

serve zu locken. Wollte ihn reizen, damit er in Stress verfiel

und sich verriet.

„Hör auf mit deinen Späßchen, Coon. Du weißt doch gar

nicht mehr, wer ich bin." Coon beugte sich über den Tisch

und meinte: „Glaub mir, ich weiß noch genau, wer du bist."

Er sprach es aus wie eine Drohung. „Okay, vergessen wir für

einen Moment die Formalitäten eines Verhörs.

Kannst du mir sagen, was Jon Bon Jovi und ein Geologe ge-

meinsam haben?" Suggestion in Form eines schnellen The-

menwechsels. Die einfachste Methode, jemanden zu manipu-

lieren und anschließend zum Reden zu bringen. Arthur

zuckte mit den Schultern. „Beide sind Versager?" Coon

lachte. „Das vielleicht auch, aber eigentlich meinte ich den

Rock."

„Hast du noch einen auf Lager?", fragte der Jüngere.

„Klar, was hat das Federal Bureau of Investigation mit Witwen gemeinsam? Beide wollen Gerechtigkeit."

„Bah, der war lahm! Jetzt bin ich an der Reihe. Was haben Adam Coon und schwarze Löcher gemeinsam? Sie -"

„Blähen sich beide auf. Ja, ja, ich weiß." Arthur grinste ihn selbstgefällig an. Coon faltete seine Hände vor sich zusammen, seine Schultern sackten leicht nach unten. „Nick?.. Ich verlange nur eine Antwort von dir. Wo ist Red Bird?"

„Er heißt jetzt nicht mehr Red Bird. Er fand, es höre sich zu sehr nach irgendeinem Mörder aus einer Fernsehserie an. Deshalb nennt er sich seit einiger Zeit Green Bird."

Coon kriegte sich vor Lachen nicht mehr ein. „W-wie dämlich kann man sein? Wie wäre es einfach mal ganz ohne Farbe und Tier?"

„Brick halt! Genauso ein Idiot wie Olivander, Archer, Spencen und, und, und." Arthur konnte Coons perplexen Blick nicht nachvollziehen. „Ich weiß nicht, ob du dich noch erinnerst, Coon, aber Olivander hatte damals mit dir gesprochen, lange nachdem er mich aufgenommen hatte. In dem Moment fühlte ich mich echt benutzt. Von wegen *Ich habe dich aus Mitleid zu mir genommen'*, er wollte mich aus reiner

Profitgier haben. Von da an pfiff ich auf die Meinungen und Befehle anderer und machte stattdessen mein eigenes Ding, wenn es um Aufträge ging. Daher fanden die ersten Klärwerk-Opfer ihren Tod durch den Häcksler, und die letzten drei wurden abgestochen." Arthurs Kopf war rot wie eine Tomate. Frustriert fuhr sich Coon übers Gesicht. Hatte der Junge über die Jahre denn gar nichts gelernt? „Das war ein großer Fehler, Nick", belehrte er ihn.

„Wieso?"

„Weil ein Killer nicht einfach seine Vorgehensweise ändert. Du kamst offensichtlich mit dem Ablauf durcheinander, wusstest nichts mehr mit Brick anzufangen. Schwuppdiwupp lässt du deine abgebrannte Zigarette liegen und vergisst dein Messer. Nur deshalb konnten die", er zeigte mit dem Finger in Richtung Spiegel, „dich identifizieren."

„Oh", machte Arthur und legte die Hände in den Nacken. Dabei fiel Coon eine kleine Tätowierung am Unterarm auf. Fidelis ad mortem. Treu bis in den Tod. Ob es mal FINK galt? Er wusste es nicht, wollte auch nicht nachfragen. Ihm brannte eine andere Frage auf der Zunge. „Was bewegt einen so jungen Mann dazu, Killer zu werden? Du hättest nämlich anders als ich einfach gehen können. Nein zu FINK sagen können."

„Na ja, das oder Priester werden."

„Ach, komm. Hör mit der Bondscheiße auf."

„Dann hör du mit der Polizistenscheiße auf! Ich hab' nämlich keine Bullen im Kevlarmantel in meine Wohnung bestellt", maulte Arthur zurück.

„Denk ja nicht, dass ich denen eine Einladung geschickt hätte."

„Du kotzt mich an, Coon. An dir wird dem Spruch, dass sich Menschen nicht ändern, sondern nur gerissener lügen, endlich Wahrheit einverleibt. Immerfort erfindest du neue Lügen, wirst sarkastisch, reißt dumme Sprüche, nur um deine Depressionen zu lindern. Das hast du schon damals getan, und das ist selbst der armen Katherine aufgefallen. Hast du denn nie ihren besorgten Blick bemerkt?"

Coon schob das T-Shirt seiner schwangeren Freundin nach oben, kniete sich auf den Boden, legte seine Hände auf ihre Hüften und drückte einen sanften Kuss auf den kugelrunden Bauch. „Komm schon, meine Kleine, tritt nochmal für deinen Vater." Er wartete, bis er endlich einen Stupser des Ungeborenen spürte.

Erneut an diesem Tag wurden seine Augen wässrig. Deutlich war er über die letzten Jahre berechenbar geworden. Schwach, weinerlich, konnte mit seinem Privatleben nicht mehr umgehen. „Wir beide gehen über Leichen, Adam. Wir beide legen Menschen aufs Kreuz."

„Ich bin eben direkt. Und was das aufs Kreuz legen angeht, das mache ich nur am Abend und in meinen Mittagspausen ", konterte Coon.

„Schon gut, mach' nicht gleich 'ne Szene daraus."

„Du willst keine Szene? Ich führe dir gleich ein ganzes Broadway-Musical vor. Wann wirst du mir endlich sagen, wo Brick ist?" Arthur zuckte kein bisschen, als Coon wütend mit der Hand auf den Tisch schlug. Stattdessen verfinsterte sich sein Blick und ein unheimliches Grinsen wie das der Comicfigur Joker schlich sich auf seine Lippen. „Ich würde sagen, wenn die Hölle zufriert."

„Hör auf damit und sag mir, wo er ist!"

„Kann ich nicht, weil er längst abgehauen ist. Pech gehabt."

„Nick, ich kenne Brick besser als mein eigenes Haus, das heißt, wo sein Partner ist, ist er nicht weit entfernt."

„Messer rein. Messer raus. Messer rot. Endlich tot. Deine Motivation ist die Rache, meine die Pflicht. Weißt du, meine Exfreundin war Künstlerin. Ihr Pinsel war spitz, ihre Farbe war rot, die Leinwand ihre Haut und ihr Kunstwerk der Tod. Wie findest du eigentlich den Spruch auf meinem Shirt? Ich find' ihn echt witzig. *Alle stehen hinter dir, wenn die Kugel von vorn kommt.*" Arthur redete zusammenhangloses Zeug. Jeder andere wäre an dieser Stelle stutzig geworden, doch Coon kannte dieses Spielchen nur zu gut. Ihm wurde damals dasselbe beigebracht. „Hilf uns, und ich handle einen Deal für dich aus", schlug er daher vor.

„Ich weiß echt nicht, was trauriger ist. Die Erkenntnis, dass du ein jämmerliches Weichei bist oder dass du FINK verlassen hast, nur weil jemand aus deinem Leben geschieden ist. Erstaunlich, dass du nicht wie jeder andere umgelegt wurdest."

„Auch ein Coon darf mal Glück im Leben haben", sagte er kühl. Arthur beugte sich nach vorn und winkte Coon zu sich heran. „Ich sag' dir was, Adam", flüsterte er. „Bis hierher sollst du kommen und nicht weiter."

Coon lehnte sich lachend zurück in den Stuhl. „Hiob 38:11. Ich verstehe, worauf du hinauswillst. Leider trifft es eher auf dich zu." Gehässig grinsend lief Coon um den schmalen Tisch herum. Seine Miene verdüsterte sich, schon hatte er Arthur mit einer Hand am Hals gepackt und warf ihn samt Stuhl zu Boden. Coon dachte nicht im Entferntesten daran jetzt aufzuhören. Er stellte einen Fuß auf Arthurs Brustkorb. Immer wieder fragte er nach Bertram Brick und steigerte dabei den Druck, den er mit seinem Fuß ausübte. Doch Arthur schwieg und starrte an die graue Zimmerdecke. Coon trat ihm ein letztes Mal in die Seite und stürmte aus dem Raum.

„Was sollte das? Willst du uns den Fall zerstören?" Erbost trat Grant aus dem Beobachtungsraum und gab ihm einen Schlag auf den Hinterkopf. Dieser atmete scharf ein, bebte vor Zorn. „Nein", presste er hervor. Er schaute nach unten zu seinen Schuhen, die er kurz zuvor an Arthur abgetreten hatte. „Er weiß nichts", schüttelte er den Kopf. „Und Brick ist auf der Hut … Er spielt mit uns." Er schob sich an ihr vorbei und ließ sie erneut einfach stehen.

Keine Stunde später war eine bundesweite Fahndung nach Brick raus, und Grant saß wieder bei Arthur.

„Kein Brick?", fragte er arrogant.

„Bald", antwortete Grant. „Aber kommen wir doch zu einem anderen Thema. Wer ist der Auftraggeber? Etwa FINK?"

„Nein, Zuckerpüppchen", lachte der Verdächtige kopfschüttelnd.

„Verstehe. Mr. Arthur, wären Sie denn überhaupt bereit dazu, uns den Namen zu nennen?"

Arthur zuckte die Schultern. „Unter Umständen. Was läuft eigentlich zwischen Ihnen und Coon?"

Grant runzelte die Stirn. „Was soll da laufen? Nichts läuft da", sagte sie mit eisigem Unterton.

„Ich glaube, Sie wollen mich verarschen. Es war sehr rührend, die letzten Tage beobachten zu können, wie innig Sie zwei doch miteinander umgehen - in gewissen Momenten." Grant prüfte ihn einen Augenblick lang, dann stand sie auf, schob ihren Stuhl an den Tisch heran und begab sich zur Tür. „Hey, Zuckerpüppchen!" Widerwillig schaute sie über ihre Schulter zu Arthur. „Noch ein kleiner Tipp, bevor Sie abhauen. Es ist nicht nur ein Name, es sind zwei. Zwei Auftraggeber." Grant nahm die Worte kommentarlos auf.

Auf Sheffields Befehl hin hatte sich das Team in seinem Büro versammelt, um das weitere Vorgehen zu besprechen. „Am liebsten würde ich dem Kerl eine reinhauen", posaunte Bultcher in den Raum und knallte die Tür hinter sich zu. „Besser nicht, ich hab' schon eine Beschwerde wegen Coon am Hals." Snieks setzte zum Sprechen an, wurde aber von Sheffield abgewürgt. „Sehen Sie das Fenster hinter mir?" Sie nickte. „Sollten Sie mich gleich fragen, wie es weitergeht, springe ich aus diesem Fenster. Denn um ehrlich zu sein, hab' ich diese Frage für die nächsten Monate echt satt." Stille. Quälende Stille. Wieso sagte niemand etwas? Oder hustete, nieste, machte sonst was für ein Geräusch. Bultcher legte seine Krawatte ab und rieb sich kurz das Kinn. „Wie wäre - Wie wäre es ... Nein, nein, vergessen Sie es, das würde zu weit gehen."

„Kommen Sie, Bultcher, spucken Sie's aus."

„Mein Vorschlag wäre gewesen ... W-wir spielen Musik ab. Musik, die er überhaupt nicht ausstehen kann. Immer in kurzen, dennoch intensiven Intervallen. Irgendwann wird er dann genug haben und uns die Namen nennen."

„Die Idee ist nicht schlecht", meinte Snieks. „Nur bezweifle ich, dass er uns die Namen sagen wird, wenn er die Musik nicht mehr hören will, aber mit der Zeit wird er auch Durst bekommen. Und statt einer Flasche Wasser werden wir ihm dann Stift und Zettel geben. Erst, wenn er die Namen dort draufgeschrieben hat, bekommt er sein Trinken."

„Reden wir gerade über Folter?", fragte Grant. Bultcher und Snieks nickten. „Ah", machte der Detective. Dann nickte auch sie. „Das dürfte funktionieren. In Kombination mit der Musik hört sich das nach einem guten Plan an." Auch O'Shea und Sheffield stimmten dem mit einem Nicken zu.

„Na dann, auf, auf und davon. Hinter den Spiegel", verkündete Bultcher.

Einer der Techniker im Beobachtungsraum reichte Bultcher das Schwanenhalsmikrofon. Der Senior Field Agent schaltete es ein und tippte dagegen. Im Raum nebenan ertönte ein schrillender Ton, und Arthur verzog das Gesicht.

„Pardon", entschuldigte sich Bultcher. „Okay, Nick, eine Frage. Welches Musikgenre hassen Sie aus tiefstem Herzen?"

„Heavy Metal", antwortete der Verdächtige. Bultcher schaltete das Mikro wieder ab und schaute zu dem Techniker.

„Wie wär's mit einer zehn Stunden Version von Greeley Estate's Seven Hours?"

„Solange es möglich ist, den Song intervallartig abzuspielen."

Der Techniker nickte. „Klar, ich kann auch noch ein paar Lichteffekte einbauen. Geht die Musik an, geht das Licht an. Geht die Musik aus, geht das Licht aus."

„Prima, machen Sie das so."

Alle zwei Minuten wurden nun sechzig Sekunden lang Licht und Musik eingeschaltet. Der Heavy Metal war nicht nur für Arthurs Ohren Folter. Auf der gesamten Etage war dieser Krach zu hören.

KAPITEL ACHT

Drei Stunden waren bereits vergangen und es sah nicht danach aus, als würde Arthur demnächst etwas sagen wollen. Das Einzige, was er tat, war mit dem Kopf auf die Tischplatte zu schlagen, in der Hoffnung, es würde bald aufhören. Mit der Suche nach Brick wollte es genauso wenig vorangehen. Grant saß an ihrem Schreibtisch und starrte auf ihr Telefon. Sie spielte mit dem Gedanken, Coon anzurufen. Ja oder Nein? Auf der einen Seite wollte sie mit ihm reden, die Differenzen zwischen ihnen aus der Welt schaffen. Auf der anderen Seite hatte er ihre Gefühle verletzt, sie ausgenutzt. Also sollte er auch den ersten Schritt machen, auf sie zukommen und sich erklären, gegebenenfalls entschuldigen. Seufzend steckte sie das Telefon weg und machte sich auf den Weg zu O'Shea in den Beobachtungsraum. Dort drin war es erstaunlich ruhig. „Schallisoliert", meinte dieser plötzlich und zog sich und Grant zwei Stühle heran.

„Er schlägt sich gut, aber das wird nicht mehr lange halten. Spätestens in zehn Minuten wird er einknicken", sagte Grant und setzte sich. O'Shea schaute sie skeptisch an.

„Ich denke, er wird es noch eine Stunde aushalten."

„Wollen wir wetten, sagen wir um die nächste Runde Kaffee?"

„Einverstanden. Der Verlierer zahlt den Kaffee. Was macht Sie eigentlich so sicher?"

„Berufserfahrung."

„Schon öfter Leute gefoltert, huh?", scherzte O'Shea.

Die zwei unterhielten sich noch eine Weile, während die „Erziehungsmaßnahme" ihren Lauf nahm. Arthur bewegte auf einmal seine Lippen. O'Shea gab dem Techniker ein Zeichen, die Musik leiser zu drehen und den Lautsprecher anzuschalten. Zu hören war Arthurs krächzende Stimme. „Ich geb' auf! Ich sag' Ihnen alles, was Sie wollen, nur sorgen Sie dafür, dass diese Musik aufhört. Bitte", winselte er zum Schluss.

„Und was sagt die Zeit?", fragte Grant.

O'Shea warf einen Blick auf seine Armbanduhr. „Zwölf Minuten einunddreißig."

Grant seufzte und ging aus dem Zimmer, um die anderen zu holen.

„Was zum Trinken?", fragte Sheffield, als er hinter sich die Tür schloss.

„Wäre nett", meinte Arthur und drehte seinen Kopf so, dass er den FBI-Agent sehen konnte. Dieser stellte sich vor ihn und legte einen Block auf den Tisch. „Sie kriegen Ihr Trinken, aber zuerst die Namen." Arthur rollte mit den Augen und hielt ihm bereitwillig seine Hand hin, um einen Stift zu bekommen. Sheffield überreichte ihm einen Kugelschreiber und ging kurz hinaus, eine Flasche Wasser holen. Als er zurückkam, hatte Arthur gerade den letzten Buchstaben geschrieben. Er schob Stift und Block von sich weg und wartete auf seine Belohnung. „Bitte sehr." Der Agent stellte ihm die Flasche hin und griff nach dem Block, den Stift steckte er zurück in die Innentasche seines Sakkos. „Damit Sie einen ungefähren Eindruck davon haben, was als Nächstes auf Sie zukommt. In einer Stunde werden zwei Justizbeamte hier eintreffen, die werden Sie mitnehmen und morgen einem Richter vorführen. Was dann passiert ... Hm, wer weiß."

Gemeinsam mit dem Team lief er ins Großraumbüro. Er warf Grant den Notizblock zu. Sie las die Namen laut vor: „Ron Mahoni und Benjamin Roe. Die sind beide vom Department of Environmental Protection in New York."

„New York? Hm, bis ich dort das FBI dazu gebracht habe,

auch nur irgendetwas zu unternehmen, kann es noch Tage dauern. Diese faulen Säcke ... Melinda, ich glaube, Sie sollten *Ihr* Team kontaktieren. Die zwei sollen Mahoni und Roe verhaften und verhören."

O'Connor und Asustín waren wie üblich auf dem 17ten Revier. Es war bereits der dritte Tag ohne Mordfall und die übrigen Akten hatten sie auch schon überarbeitet. Ein Glück, dass sie sich den Mini-Tischkicker gekauft hatten, so waren sie wenigstens beschäftigt. Es stand drei zu zwei für O'Connor, als er fragte: „Wie lange, denkst du, bleiben Mel und Coon noch in D.C?" Asustín zuckte die Schultern und schoss den Ausgleich, da klingelte O'Connors Telefon. „Time out, Tico", er schaute auf sein Display. „Wenn man vom Teufel spricht, Kumpel. Ayo, Mel, was gibt's?" Er hatte inzwischen laut gestellt, damit Asustín mithören konnte.
„Ihr müsst was für mich erledigen, Jungs. Sobald wir hier fertig sind, macht ihr euch auf den Weg zum DEP-Präsidium."
„Es geht um die Sache mit den Kläranlagen, nicht wahr?"
„Nein, weißt du, Tico, ich sitz' nur aus Langeweile hier in D.C. Natürlich geht es darum. Chief of Detectives Ron Mahoni und Chief of Departments Benjamin Roe erteilten

FINK die Mordaufträge."

„Das heißt, wir sollen sie festnehmen." - „Und verhören."

„Genau", sagte Grant.

„Okay, das dürfte machbar sein. Wie lange bleibst du eigentlich noch weg?"

„Kann ich dir nicht sagen, Max. Die Täter sind, wie gesagt, zwei von FINKs Leuten. Den Ersten haben wir, der Zweite ist noch immer auf der Flucht."

„Klaro. Ruf an, wenn ihr's geschafft habt." O'Connor legte auf und schnappte sich wie Asustín seine Jacke, Dienstwaffe und Marke und trat seinen Weg zur Tiefgarage an.

„FINK. Das kann nichts Gutes bedeuten", meinte Asustín, als sie geradewegs auf den DEP-Konferenzraum zugingen. „Mel wird es auch nie leicht gemacht."

„Ich mach mir weniger Sorgen um Mel, mehr um Coon. Wir haben alle mitgekriegt, wie beschissen es ihm nach dem Essig-Fall ging." Asustín nickte und öffnete danach schwungvoll die Tür. Die Frauen und Männer am Tisch schauten sie überrascht an.

„Guten Tag, die Herrschaften", grüßte O'Connor gespielt witzig. „Wir sind auf der Suche nach den Chiefs Mahoni und

Roe. Würden sich die zwei Herren bitte von ihren Plätzen erheben und zu uns kommen."

Roe und Mahoni taten, was ihnen gesagt wurde. „Wir sind mitten in einer Besprechung, was soll das?", fragte Roe vorlaut. Die beiden Detectives ließen ihre Handschellen klirren. O'Connor stellte sich hinter den Vorwitzigen und sprach die MIRANDA aus. „Benjamin Roe, Ron Mahoni, Sie sind Tatverdächtige in einer Reihe von Mordfällen, daher werden wir Sie jetzt festnehmen. Sie haben das Recht zu schweigen. Alles, was Sie sagen, kann und wird vor Gericht gegen Sie verwendet werden. Natürlich dürfen Sie beide einen Rechtsbeistand konsultieren. Sollten Sie sich keinen leisten können, stellt Ihnen der Bundesstaat New York liebend gern entsprechenden zur Verfügung."

„Sie wissen, warum Sie hier sind?", fragte O'Connor prüfend. Ihm schien der Verhörraum plötzlich so klein, als sie zu viert in dem Raum saßen. War er etwa klaustrophobisch? Möglicherweise. Er hatte sich in engen Räumen noch nie wohlgefühlt. Mahoni fuhr sich seufzend durch das lichte Haar. „Ich hab' dir von Anfang an gesagt, dass es eine beschissene Idee ist!", schnauzte er Roe an. „Dass die Bullen irgendwann dahinterkommen werden. Aber du wieder: ,*Nein,*

163

da passiert schon nichts. Bloß nicht!' Ich bin noch so blöd und vertraue dir. Helfe denen, weil ich mich sicher fühle, um keine Aufmerksamkeit zu erregen. Und wo sitzen wir gerade, Ben? Auf 'nem scheiß Polizeirevier!"

„Jetzt halt aber mal die Luft an, Ron. Zu ändern ist daran jetzt auch nichts mehr." O'Connor nickte seinem Partner zu, dieser schaute auf seine Uhr und meinte: „Zehn Minuten, Leute. Sie haben sich wacker geschlagen. Jetzt bitte Klartext."

Roe schlug die Hände vor sein Gesicht. Mahoni stieß einen tiefen Seufzer aus und lehnte sich verzweifelt in den Stuhl zurück. „Ja, okay, wir waren es!", gestand er.

„Das wissen wir bereits. Uns will nur nicht ganz schlüssig werden, warum", meinte Asustín.

„Na los, Ben! Sag's ihnen, war schließlich alles deine Idee."

„Ganz bestimmt nicht, damit würde ich mein komplettes Vermögen aufs Spiel setzen!"

„Gut, dann erzähl' ich es halt. Wir beide haben im großen Stil Steuern hinterzogen, haben falsche Abbuchungen eingetragen, waren korrupt bis zum Gehtnichtmehr. Um mich kurz zu fassen -"

„Wehe dir, wenn du das jetzt sagst!", schrie Roe panisch, doch Mahoni ließ sich nicht weiter stören und unterdrücken.

„An der Ostküste, also von Maine bis nach Florida, gibt es eine Schwarzgeldkasse seit ungefähr einem Dreivierteljahr. Ihren Anfang nahm sie in New York, genauer gesagt in meinem Büro."

„Hurensohn", zischte Roe und senkte seinen Blick.

„Irgendwann musste Leonard Cruz durch Garcia davon Wind bekommen haben. Na ja, und dann nahm alles seinen Lauf. Cruz erzählte es Daibach, der wiederum Victorian. Dann Griffin, Peters, Duncan und zum Schluss Smith. Alle waren wie Drahtzieher, die konnten alles erreichen, Befehle geben, Leute mit ihrer Meinung manipulieren. Letztendlich waren sie eine Gefahr für uns und unsere Machenschaften. Die wollten die Informationen an die Presse weitergeben, das hätte ein katastrophales Ende genommen. Also beschloss Benjamin, sie kaltzustellen. Er engagierte FINK und die kümmerten sich schließlich drum. Bekomm' ich jetzt lebenslänglich?"

„Vermutlich", sagte O'Connor und beendete seine Notizen. Asustín schob indessen zwei Blätter zu Roe und Mahoni. Zwei Stifte legte er auch dazu. „Das sind Formulare bezüglich Ihres Geständnisses. Die sollten Sie zwei unterschreiben, würde das ganze Verfahren um einiges erleichtern", erklärte er. Während Mahoni sofort unterschrieb, griff Roe nur widerwillig zum Stift.

12. November, 2015.

„Hey, wenn du mir eine Frage stellen willst, dann tu es, aber benutze mich nicht als Mittel zum Zweck!" Coon musste scharf bremsen. Das war knapp. Beinahe hätte er die rote Ampel und eine Frau mit Kinderwagen überfahren. So unkonzentriert war er mit Telefon am Steuer noch nicht gewesen. „Hör zu, Nolan, bei so etwas darfst du nicht subjektiv werden, sondern musst objektiv bleiben ... Wen nennst du hier brobdingnagisch? ... Mein Ego? Dann hast du ein liliputanisches Ego ... Okay? Ich will mit dir einen Streit anfangen, und du sagst *Okay*! ... Warum ich mit dir streiten will? Weil ich hobbylos bin! ... Ach komm. Wann sind wir beide schon normal? Wann war irgendetwas zwischen uns beiden schon normal? ... Okay, Nolan, gleich wird es wackelig, ich fahr in die Tiefgarage ... Korrekt, ich bin in D.C. ... Klar, bis demnächst." Er warf sein Telefon auf den Beifahrersitz und drehte das Radio lauter. »*Gestern Nachmittag wurden Benjamin Roe und Ron Mahoni, zwei Chiefs des Department of Environmental Protection in New York, verhaftet und heute Morgen vor ein erstes*

166

Gericht gestellt. Die zwei sollen laut Angaben des Federal Bureau of Investigation und des New York Police Department die Auftragge-ber der Klärwerkmorde gewesen sein. Des Weiteren wurde hier in D.C. einer der zwei Attentäter ebenfalls festgenommen und dem Richter vorgestellt. Von dem zweiten Täter fehlt bisher jede Spur. Das FBI erhofft sich die Unterstützung der Bevölkerung und bittet um Mithilfe bei der Suche. Gefahndet wird nach einem Mann Mitte dreißig mit blondem Haar und durchschnittlicher Körpergröße. Er soll auf den Namen Bertram Brick hören. Weitere Infos und ein Bild des Mannes finden Sie auf unserer Internetseite.«

Coon stellte den Motor ab und guckte in Richtung Aufzug und Treppenhaus. So verweilte er einige Minuten. Ein paar Meter weiter parkte ein silberner Toyota Camry. Coon stockte der Atem. Entweder halluzinierte er mittlerweile oder Brick war gerade wirklich ins Treppenhaus gegangen. Zögernd tas-tete er nach seinem Telefon, gab seine PIN ein und suchte in seinen Kontakten nach der richtigen Nummer. „Komm schon", murmelte er und hoffte, Sheffield würde endlich ab-nehmen.

„Ja?"

„Er ist hier", wisperte Coon und betrat das Treppenhaus.

„Adam, was ist los?"

„Er ist hier."

„Wer?"

„Brick! Hier in meinem Wohnhaus. Ich folge ihm gerade."

„Okay, dann bleiben Sie weiter an ihm dran, machen Sie aber nichts Unüberlegtes. Ich schicke Ihnen sofort Unterstützung."

Mit quietschenden Reifen kam der FBI-Konvoi zum Stehen. Bultcher stieg als Erster aus, gefolgt von O'Shea, Grant und Snieks.

„Das soll die Verstärkung sein? Wo ist die Kavallerie?", fragte Coon, und O'Shea antwortete: „Wir sind die Kavallerie." Bultcher schaute zum Hochhaus hinauf. „Wo genau soll Brick sein?"

„Als wir in der Lobby ankamen, stieg er in einen der Aufzüge und drückte den Knopf für die neunte Etage." Bultcher verstand und betrat das Gebäude. „Jacob", stoppte Coon ihn und die anderen. „Ich wollte Sie nur darauf hinweisen, dass die neunte Etage vier Apartments besitzt. Und ich keine Ahnung habe, in welchem der vier Brick sich befindet. Immerhin bekam ich auch erst vor einer viertel Stunde mit, dass ich mit dem Mörder meiner Familie in einem Haus wohne."

Der Senior Field Agent überlegte. „Na gut. Cassandra, du nimmst das erste Apartment. Danny, du das zweite. Ich das dritte. Melinda, Sie das vierte. Und Sie, Adam. Mitkommen? Ja oder Nein."

Kopfschüttelnd meinte Coon: „Nein, eher nicht. Ausnahmsweise führe ich heute keine Waffe mit mir."

„Er kann mit mir mitkommen, wenn er will", schlug Grant vor.

„Meinetwegen", zuckte Coon mit den Schultern und gesellte sich neben den Blondschopf.

Zur Enttäuschung aller hielt sich Brick in keiner der Wohnungen auf. Nach und nach trafen sie wieder im Eingangsbereich ein. „Ich will die Frage eigentlich gar nicht aussprechen, aber wir werden nicht drumherum kommen. Wie geht's jetzt weiter?", wollte Snieks wissen.

„Wir fragen einfach den Pförtner", meinte O'Shea. „Nichts gegen Sie, Adam, aber was, wenn er Sie ausgetrickst hat? Wenn er zwar die neun gedrückt hat, aber dann weiter die Treppen benutzt hat. Kann ja sein, dass er Sie bemerkt hat." Er zog ein Bild von Brick aus seiner Jackentasche und ging damit zum Empfangstresen, hinter ihm Coon und das Team.

„Guten Abend, Chris", grüßte Coon den Pförtner. „Das sind Lieutenant Grant und die FBI-Agents Bultcher, O'Shea und Snieks."

Verängstigt schaute der junge Mann zu Coon. „Hab' ich was verbrochen?", fragte er.

„Nein", lachte Coon und ließ O'Shea das Bild hochhalten.

„Kennst du den Mann?"

„Ja", antwortete der Pförtner nickend. „Sie waren gerade verschwunden, da stieg er schon wieder hier unten aus. Der Kerl wohnt in der dreizehnten Etage, eine Etage unter Ihnen, Mr. Coon. Hat sich damals als Jack Dawson vorgestellt." Coon war geschockter als jeder andere in diesem Augenblick. Wie konnte er nur wieder so blind gewesen sein und nicht gemerkt haben, dass Brick ihm so nah war?

„Wo ging er danach hin?", fragte Bultcher.

„Untergeschoss, also dahin, wo es zu den ganzen Kellern geht." Bultcher bedankte sich und ließ sich und die anderen von Coon zu den Kellern führen. Sie teilten sich erneut auf und knipsten ihre Taschenlampen an. Falls Brick wirklich hier unten war, mussten sie ihn nicht unnötig mit dem fest installierten Licht verschrecken.

Das Untergeschoss war vergleichbar mit einem Footballfeld, riesig. Grant leuchtete in jeden Raum und auf jedes Namensschild. Manche Lagerräume waren so groß wie ihre halbe Wohnung. „Mel", flüsterte Coon und deutete mit dem Kopf nach links. Eine offene Tür. Jetzt war Vorsicht geboten. Die zwei betraten den Keller, der Schein der Taschenlampe war nicht sonderlich groß. Grant zog ihre Waffe. „NY -", sie brach erschrocken ab, als hinter ihnen die Tür verriegelt wurde und die Taschenlampe schlapp machte. Coon schrie auf wie ein kleines Mädchen. „Adam?", fragte sie nach einigen Sekunden. „Ja?"

„Kann ich meine Hand zurückhaben?" Nur ungern ließ er von ihrer Hand ab. Grant griff in ihrer Hosentasche nach ihrem Telefon, um wenigstens ein bisschen Licht zu haben. „Alles in Ordnung, Adam?"

„Das eben ist nie passiert, verstanden? Sonst sehe ich mich leider dazu gezwungen, eine Unterlassungsklage zu erwirken", keifte er. Bei FINK hatte er gelernt, Ängste und Emotionen zu unterdrücken. Und nun? Nun ließ er den Kanadier heraushängen und hatte Angst vor ein wenig Dunkelheit.

„Scheiße, ich hab' kein Netz", brummte Grant.

Coon lachte. „Was denkst du denn? Nicht mal in den schlechtesten Horrorfilmen hat man in einem Keller Empfang." Er schaltete sein Telefon ebenfalls ein und setzte sich auf den Boden. „Ach, was gibt es Schöneres, als an einem Donnerstagabend eingesperrt in einem Keller zu hocken?"

„Eingesperrt in einem Keller miteinander zu sprechen? Dem

Gegenüber das zu sagen, was er ihm schon seit Tagen sagen will."

Coon krabbelte zur Tür und betrachtete das Türschloss. „Wie viel Magazin hast du noch?", fragte er.

„Hast du mir überhaupt zugehört? Ich wollte dir gerade sagen, dass ich dich liebe!"

„Wie bitte?", Coons Kopf schnellte nach oben, und er stieß ihn sich an der Türklinke.

„Ich liebe dich! Deine Blödeleien, deine dummen Sprüche, auch deine ernsthafte Seite. Deine Augen, deine Haare. Deine verrückten Ideen oder Theorien. Wie du dich aus jeder Situation retten kannst, indem du einfach anfängst zu reden und vollkommenen Schwachsinn erzählst. Ich kann nichts dagegen tun, ich liebe dich einfach."

„Ich weiß, wie kann man mich auch nicht lieben. Also, wie viel Magazin?"

„Argh, du machst mich wahnsinnig! Hier", sie reichte ihm ihre Pistole. „Volles Magazin."

„Doppelt oder einfach?"

„Einfach. Was hast du vor?"

„Ich will den Zylinder zerschießen", grinste er und entsicherte die Pistole. „Halt dir die Ohren zu und geh in Deckung. Das ist eine Metalltür, da prallen die Kugeln gern mal ab." Mit der rechten Hand hielt er sein Telefon und mit der linken Grants Waffe. Er zielte und schoss. Daneben. Er schoss gleich nochmal. „Au, verdammt!"

„Was ist passiert?" Grant leuchtete ihn mit ihrem Telefon an.

„Streifschuss am Arm", antwortete er. Sein Gesicht war schmerzverzerrt. Warum taten Streifschüsse mehr weh als direkte Durchschüsse? Das fragte er sich immer wieder.

In Ordnung, Coon, alle guten Dinge sind drei, dachte er. Diesmal stellte er sich näher zur Tür. „Beim Grab meiner Eltern. Ich schwöre dir, wenn das jetzt wieder nicht funktioniert, schieße ich mir in beide Füße."

„Bitte nicht", murmelte Grant und hielt sich ein letztes Mal die Ohren zu. Ein Knallen. Ein Klicken. Endlich war die Tür offen.

„Geschafft", freute sich Coon.

Auch Grant strahlte und ging zu ihm. „Du hast es wirklich geschafft." Einen Spalt weit drückte er die Tür auf und lugte hindurch. Das Licht war eingeschaltet. Er öffnete sie ganz und stürmte förmlich aus dem Raum. „Freiheit!", rief er und hielt sich den verwundeten Arm. Bultcher und O'Shea waren das Letzte, was Coon sah, bevor er zu Boden gerissen wurde. Grants Waffe, die er bis dato noch in der Hand gehalten hatte, schlitterte nun über den kalten Beton. „Zu viel

Freiheit", schluchzte er. Er war genau auf die Wunde geflogen. Die zwei FBI-Agents ließen von ihm ab und halfen ihm auf.

„Wir haben Schüsse gehört", erklärte Bultcher, doch Coon wollte seine Entschuldigung gar nicht hören. „Sagen Sie mir einfach, wo Brick ist."

„Er war doch noch hier unten?", fragte Snieks und hob die Pistole auf.

Coon schnaubte verächtlich. „Brick ist also entwischt?"

„Wir waren der Meinung, er sei schon längst abgehauen."

„Deshalb waren Melinda und ich auch in einem dieser entzückenden Räume eingesperrt gewesen, weil Brick schon längst weg war", sagte Coon voller Sarkasmus.

Brick war ihnen erneut aus den Händen entglitten. Er hatte Coon und Grant eingesperrt und war danach zu seinem Wagen in der Tiefgarage gerannt. Den Verkehrskameras zufolge war er bereits im Bundesstaat Maryland.

KAPITEL NEUN

14. November, 2015.

Nach der misslungenen Festnahme in D.C. waren Grant und Coon zurück nach New York City geflogen. Sheffield hatte dafür gesorgt, dass sich die zuständigen Behörden in Pennsylvania um Bertram Brick kümmerten, da er dort zuletzt gesehen wurde.

Es war ein stürmischer Abend. Blitz und Donner herrschten über den Köpfen New Yorks Einwohner. Während sich Grant, Asustín und O'Connor in der Turtle Bay Taverne trafen, saß Coon allein in seinem Büro bei *COON Investments*. Er las sich die Berichte seiner Risikoberater durch und verglich sie mit denen der letzten Monate. Das Meeting mit den Abteilungsleitern morgen setzte ihn etwas unter Druck, obwohl diese Leute unter ihm standen. Er suchte nach dem Telefon, um seinen Berater Nolan anzurufen. Unter einem Stapel

Papiere fand er es schließlich. Auf dem Display erschien ein Pop-up. Eine neue Nachricht. Er tippte darauf und las sie. Immer und immer wieder. Er konnte es nicht fassen. Wusste nicht, ob er lachen oder schreien sollte.

»Er ist wieder da. The View Restaurant, 1535 Broadway.«

Das Restaurant war nur fünf Minuten von seinem Büro entfernt. Weshalb sich Coon trotz des Gewitters dazu entschied, zu laufen beziehungsweise zu rennen.

Auf keinen Fall wollte er jetzt patzen und noch mehr Aufsehen erregen. Also richtete er wenigstens Haare und Krawatte, bevor er das Restaurant betrat.
Brick saß an einem eher abgeschiedenen Tisch und trank einen Wein. Coon setzte sich ihm gegenüber und legte ein liebliches Lächeln auf. „Lang ist es her, nicht wahr?" Brick verschluckte sich heftig an seinem Wein, er konnte gar nicht mehr aufhören zu husten. Coon beobachtete ihn, wie er schnell ein paar Geldscheine auf den Tisch legte und eilig zum Ausgang lief. Wie ein Schatten folgte ihm Coon. „Nicht so unhöflich, Bertram. Immerhin bin ich extra deinetwegen hierhergekommen. Du hattest mich doch zu einem Spiel

eingeladen."

„Lassen Sie mich in Ruhe", fauchte Brick und nahm die Treppe. Doch stattdessen er nach unten ging, rannte er nach oben. Gemächlich und in aller Ruhe marschierte Coon ihm hinterher. Weit konnte Brick nicht kommen, da die Treppe aufs Dach führte. „Ich würde sagen Endstation Broadway. Du sitzt in der Falle. Es sei denn, Green Bird kann fliegen."

Brick schaute sich panisch um. Coon hatte Recht behalten, es gab keinen Ausweg. Jedoch zogen Regen und Sturm langsam vorbei. „Was wollen Sie von mir, Adam?"

„Antworten!", brüllte er. „Ich will wissen, wieso?"

Brick tat zwei Schritte rückwärts. „Sie müssen wissen, Sie waren und sind immer noch ein vielgefragter Mann bei FINK und das in vielerlei Hinsicht -"

„Meine Cholesterinwerte sind bereits etwas erhöht, ich brauche nicht auch noch Butter im Arsch. Verdammt nochmal, rede Klartext, Bertram!" Sein ehemaliger Schützling ging immer weiter zurück, als Coon ihm entgegenkam.

„Olivander war es ziemlich egal gewesen, wer was mit wem am Laufen hatte. Ganz anders sah das bei unserem ach so tollen Executive Director Cole Spencen aus. Er wollte loyale, zuverlässige, konzentrierte Mitarbeiter. Aber nach Graces

Geburt und der darauffolgenden Hochzeit von Ihnen und Kate machten Sie auf Spencen einen unkonzentrierten Anschein."

„Er hat dich also angeheuert, nur damit ich keinen Grund mehr hatte, mich vom Job ablenken zu lassen?" Coon raste vor Wut. So hoch war sein Puls noch nie gewesen. Er ergriff Brick mit beiden Händen am Kragen und schob ihn bis zur Dachkante. Ängstlich warf der Jüngere einen Blick über die Schulter. Sofort bereute er es. Da, wo er jetzt stand, ging es mächtig tief nach unten. Er guckte wieder zu Coon. „Spencen war aber nicht der Einzige ... Nicole Morrow -"

„Das mörderische Miststück?"

„Ja! D-die war richtig eifersüchtig. Als sie mich per Telefonat engagierte, meinte sie noch abschließend: ‚*Wenn ich ihn nicht haben kann, soll Katherine ihn auch nicht haben.*' Ich hab' keine Ahnung, wo die beiden sind. Morrow wollte sich ins Ausland absetzen, soll mittlerweile aber angeblich tot sein. Und Spencen ... Von dem hab' ich das letzte Mal vor zweieinhalb Jahren gehört, als Olivander 'ne Herzattacke hatte, und Spencen kurz nach der Beisetzung zum neuen Direktor erkoren wurde." Seine Augen weiteten sich, als Coon ihn auf einmal am Hals packte und über die Dachkante drückte, sodass er gerade noch mit den Fußspitzen den steinernen

Untergrund berühren konnte. Er zitterte am ganzen Leib. Die Furcht trieb ihm den Schweiß auf die Stirn. Man konnte die Angst buchstäblich riechen. Coons verlorener Blick war das Letzte, was Brick sah, bevor er in den Tod stürzte.

Some stories stay with us forever.

Bertram 'Green Bird' Brick war weg mit ihm auch Coons Vergangenheit - vorerst. Denn Vergangenheit ist Erinnerung. Und Erinnerungen verblassen nicht schnell.

Coon setzte sich auf den regennassen Boden und atmete tief durch. Drei Jahre hatte es ihn gebraucht, herauszufinden, wer es war. Und weitere drei Jahre, um ihm schließlich den Garaus zu machen. Insgesamt sechs Jahre. Sechs verdammte Jahre. Er konnte es nicht glauben, dass es endlich vorbei war. So viel Erleichterung, alles um ihn herum schien nebensächlich. Selbst das Gebrüll der Polizisten, dass er sich auf den Boden legen und die Hände über den Kopf nehmen solle, war ihm egal. Er widersetzte sich den Polizisten nicht, ließ sich einfach abführen - vorbei an weiteren Beamten, Schaulustigen und der Presse.

Die Polizisten verbrachten ihn in Gewahrsam.

15. November, 2015.

In Hand- und Fußschellen und orangenem Overall wurde Coon von zwei Beamten aus dem Gefängnistransporter geführt. Auf der Empore zum Gerichtsgebäude türmten sich die Journalisten und Nachrichtenteams auf. Blitzlichtgewitter ging los, die Reporter riefen lauthals Fragen, verlangten Antworten. Doch Coon senkte seinen Blick und lief folgsam die Stufen hinauf. Auf der vorletzten Stufe blieb er abrupt stehen. Unter den Presse-Leuten befand sich auch das Team. Asustín, O'Connor, selbst Nye und ... Grant. Sie sah bemitleidenswert aus. Verweint mit aufgequollenen, geröteten Augen. Die Beamten zogen ihn weiter bis in den Gerichtssaal.

Coon hatte nicht die leiseste Ahnung, was auf ihn zukommen würde. Dass der Saal jedoch nur mäßig gefüllt war, beruhigte ihn ungemein. Hinter ihm sieben oder acht Pressevertreter. Um ihn herum fünf Justizvollzugsbeamte. Der Protokollant saß auch schon an seinem Platz. Es würde jeden Moment losgehen. Ein Ton erklang. „Bitte erheben Sie sich von Ihren Plätzen für die ehrenhafte Richterin Claudia Blaire", verkündete einer der Justizbeamten. Alle standen auf. Alle bis auf Coon. Richterin Blaire stellte sich hinter ihren Stuhl in der Richterbank. „Mr. Coon!", sagte sie mahnend. Gereizt

hielt er ihr seine Hände vor, sodass das Metall der Handschellen rasselte. „Ja, geht schlecht, wenn Hände und Füße
derartig stramm am Tisch beziehungsweise am Boden befestigt sind", antwortete er vorlaut. Die Richterin beließ es dabei,
setzte sich und schlug eine Akte auf. „Ihr Name lautet Adam
Coon. Sie sind einundvierzig Jahre alt und verwitwet. Sie
sind Geschäftsführer eines Finanzdienstleistungsunternehm-
ens und einer Rechtsberatungsfirma. Mr. Coon, Sie sind hier,
weil Ihr Fall vor genau zwei Stunden einer Grand Jury vorgestellt wurde. Staatsanwalt Bremington, würden Sie die Anklagepunkte vortragen, um es den hier Anwesenden kurz zu
erläutern?" Der Mann erhob sich, richtete seine Krawatte und
räusperte sich. „Der Angeklagte soll gestern, den 14ten November 2015, am Abend den fünfunddreißigjährigen Bertram
Brick vom Dach des The View Restaurants gestoßen haben.
Damit verstieß er gegen eine Vereinbarung mit den Behörden, die nach seinem Austritt aus einer kriminellen Organisation geschlossen wurde. Mitglied dieser war er im Zeitraum
von 2005 bis 2009."
Er gab das Wort zurück an Richterin Blaire. „Danke. Bevor
wir weitermachen, wie ich sehe, verteidigen Sie sich heute
pro se, Mr. Coon?"
„Korrekt", stimmte dieser bei.

„Okay, das nehmen wir so zu Protokoll. Mr. Coon, in diesen vier Jahren sollen Sie circa fünfundachtzig Menschen ermordet haben. Diese wurden alle in der Vereinbarung festgehalten und per Unterschrift durch Sie bestätigt. Nachdem Sie aus dieser kriminellen Organisation, namentlich FINK-Gesellschaft, ausgetreten waren, wurde jene Vereinbarung zwischen Ihnen und Homeland schriftlich getroffen. Mit ihr willigten Sie ein, das Gesetz zu hüten und zu achten. In den letzten Tagen jedoch haben Sie die Vereinbarung mehrfach übertreten und sich den Richtlinien widersetzt. Nicholas Benedikt Arthur wurde -", Richterin Blaire unterbrach sich. „Was ist so amüsant, Mr. Coon?", neugierig blickte sie zu dem Angeklagten.

„Überlegen Sie doch mal. Was sind die Initialen des Kerles?"

„N - B - A", antwortete sie. „Ah." Jetzt verstand auch sie, worauf Coon hinauswollte und schmunzelte kurz. „So denn ... Er wurde gefesselt, bewusstlos geschlagen, und in einem Verhörraum des FBI wurde ihm eine leichte Gehirnerschütterung zugefügt. Der Vorfall mit Bertram Brick wurde bereits geschildert. Die Vereinbarung mit Homeland ist somit hinfällig. Die Tatbestände müssen neu bewertet werden. Auf Sie werden weitere Gerichtstermine zukommen. Sie werden nach Richmond, Virginia, in ein Gefängnis verlegt. Ihre erste

Anhörung wird morgen um vierzehn Uhr stattfinden. Bis dahin machen Sie, bitte, nichts Unüberlegtes. Das würde Ihre Lage nicht verbessern. Sonst noch Fragen? Wenn nicht, schließe ich die Verhandlung." Coon hob, so weit es ging, seine Hand. „In der Tat. Ich", er griff in die Brusttasche seines Overalls, „habe hier einen Brief für eine Kollegin. Wem kann ich den Brief anvertrauen, um dass er sie erreicht?"
„Geben Sie ihn einem der Justizvollzugsbeamten, die Sie gleich abführen werden", damit stand sie auf und verließ den Gerichtssaal.

Es war spätabends. Laut dem CNN-Nachrichtensprecher hatte Coon seine Zelle bereits bezogen. Grant wollte es immer noch nicht wahrhaben. Zwei Prozesse erwarteten ihn. Sie selbst saß hier in New York fest. Captain Moreno hatte ihr nicht erlaubt, nach Richmond zu fahren. Ein Beamter hatte ihr einen Brief gegeben. Langsam griff sie nach dem Brieföffner und schnitt den Umschlag auf. Das Papier fasste sich schön an, sehr hochwertig. Sie faltete den Brief auf. Ihr Blick fiel zuerst auf das Piktogramm eines Waschbärkopfes, welches die Kopfzeile schmückte, und den Namen. *COON Investments Incorporated.* Darunter seine signifikante Schrift, die das restliche Papier ausschmückte.

»Drei Jahre, in denen kein Tag verging, ohne an dich denken zu müssen. Ich bin kein Mann der großen Worte, auch wenn ich immerzu rede. In der Wut verliert der Mensch seine Intelligenz. Das hat Dalai Lama mal gesagt. Ich sitze hier in meinem Büro und habe keine Ahnung, wie es ausgehen wird - das mit uns. Wir sind nicht im Guten auseinandergegangen, trotzdem sollst du wissen, dass ich dich nicht mag, sondern liebe. Du bist auf keinen Fall hübsch, dafür atemberaubend schön und sexy. Und als ob du in meinem Herzen wärst, du bist mein Herz. Solltest du irgendwann mal vor mir abkratzen, würde ich ganz bestimmt nicht um dich weinen, nur sterben. Kennst du das Sprichwort ‚Was du liebst, lass frei. Kommt es zurück, gehört es dir - für immer' von Konfuzius? Na ja, es ist so etwas wie ein Wunschdenken von mir. Vielleicht habe ich mit dir einmal im Leben so viel Glück, und mein Wunsch erfüllt sich.

- Adam«

17. November, 2015.

Die Anhörung am Vortag war reibungslos verlaufen. Heute war sein erster Prozesstag. Es ging um den Mord an Brick. Die Geschworenen saßen bereits. Ebenfalls die Nachrichtenteams, Zuschauer, der Staatsanwalt und die

Protokollantin. Die Justizbeamten überwachten den Raum.

Gegen Coons Willen wurde der Prozess im ganzen Land live übertragen. Um wenigstens etwas Würde zu behalten, hatte er zuvor darum gebeten, einen Anzug tragen zu dürfen. Die Verantwortlichen gestatteten es ihm. So saß er nun repräsentativ in seinem dunkelblauen Pierre Cardin Anzug auf der Anklagebank.

Es war wie die Tage zuvor. Der Richter betrat den Saal, alle standen auf, danach setzten sie sich wieder. „Wie geht es Ihnen heute, Mr. Coon?", fragte Richter Kimball Boyd.

„Den Umständen entsprechend. Ich durfte im Gefängnis nur einmal aus meiner Zelle heraus ins Bad. Sie können es sich vielleicht nicht vorstellen, aber Duschen ist dort wie Kurzurlaub."

Der Richter musste lautstark lachen. Das konnte lustig werden. Der Richter schien guter Laune zu sein.

Nachdem es erneut ruhig war, trug der Staatsanwalt den Anklagepunkt und die Aussage eines Kellners vor. Coon hörte nur mit halbem Ohr hin. Lieber flirtete er mit Protokollantin.

„Was haben Sie zu Ihrer Verteidigung zu sagen, Mr. Coon?"

„Unschuldig, und dass wir", er deutete auf sich und die Protokollantin, „eventuell zehn Minuten Prozesspause im Richterzimmer einschieben sollten." Sein Blick fiel zum

Staatsanwalt, der ihn grimmig anfunkelte. Sie teilten wohl nicht den gleichen Humor.

Mittlerweile war es siebzehn Uhr, der Prozess lief bereits geschlagene acht Stunden. Zwischen Coon und dem Staatsanwalt herrschte ein heftiges Wortgefecht. Derweilen waren es zweitausend Dollar Ordnungsgeld für Coon.

„Ein Indiz, nichts weiter", meinte der Angeklagte.

„Sie standen dort oben, als das NYPD eintraf", konterte der Staatsanwalt.

„Ich wollte Brick ja gerade davon abhalten, ihn retten, aber da war er schon gesprungen."

„Sie sind doch verrückt!"

„Bin ich ni-icht!", protestierte Coon wie ein Kleinkind. „Ich wurde getestet."

„Sie haben recht. Sie sind kein Verrückter, sondern ein sozio-pathisch-psychopathisches Schwein!" Coon verlor die Fassung, jeglicher Anstand und jegliche Geduld schwand. Die verschiedensten Schimpfwörter und Ausdrücke kamen ihm über die Lippen. Er war von seinem Stuhl aufgesprungen. Hatte nicht mehr getan. Schon wurde er von zwei Justizbe-amten übermannt. Einer der beiden spritzte ihm Lorazepam in die Nackenmuskulatur, damit er ruhig wurde. Danach setzten sie ihn zurück auf die Anklagebank. Er schluchzte und faltete die Hände vor sein Gesicht. „Ich wollte doch nur Gerechtigkeit."

„In welcher Welt, Mr. Coon, herrscht Gerechtigkeit, indem man einen Mord mit einem anderen Mord begleicht?", fragte der Staatsanwalt. Ja, in welcher Welt war das so? In keiner, überlegte Coon.

19. November, 2015 - *zweiter Prozesstag*

Coon hatte noch größere Angst als an den anderen Tagen. Am heutigen Tag sollte nicht nur über seine Vergangenheit bei FINK gesprochen werden. Am heutigen Tag sollte auch sein Urteil bekanntgegeben werden. Es stand nicht gut um ihn. Seine Taten bei FINK hatte er bereits damals mit Unterschreibung der Vereinbarung gestanden, doch die Beweislast in Sachen Brick, die der Staatsanwalt Minuten zuvor vorgelegt hatte, war zusätzlich erdrückend. Zudem war er mehr oder weniger zum Gespött der Nation geworden, nachdem ein Tag nach der ersten Verhandlung in allen Zeitungen über seinen Wutausbruch zu lesen war. Gestern Abend wurde ihm ein Freigespräch am Telefon gestattet. Sofort hatte er seine Assistentin Claire Henning angerufen. Sie persönlich hatte gedacht, der beste Weg sei, Coon auch zu Brick ein Geständnis ablegen zu lassen und so ein möglichst geringes Strafmaß zu erhalten. Doch dieser plädierte nach wie vor auf unschuldig. Henning fragte sich ehrlich, wie er das untermauern wollte.

„Also, Mr. Coon, wie wir alle wissen, arbeiteten Sie für die Gesellschaft FINK. Leider kann ich mit dem Namen nicht viel anfangen. Erzählen Sie mal. Ich will ein paar Eindrücke bekommen", sagte Boyd harsch. Er war nicht mehr so gut drauf wie am ersten Prozesstag. Coon wusste nicht ganz, was er sagen sollte, das merkte auch Boyd. „Fangen Sie am besten damit an, wie Sie überhaupt auf FINK gestoßen sind." Coon holte tief Luft. Er berichtete von Janis Koskinen, dem FINK-Mitglied, welches er damals verteidigen musste, und wie Koskinen ihn erpresst hatte.

„Nächste Station Lügnerhausen, danach Patzerberg und Detroit. Obwohl, das ist ein Knotenpunkt", murmelte der Staatsanwalt, während Coon redete. Er sagte es so leise, dass die Reporter es nicht hören konnten, aber trotzdem laut genug, dass Coon es verstand.

„Tja", räusperte sich Boyd. „Erpressung ist nun mal eine launische Schlampe, Mr. Coon. Aber wie ging es nach Ihrer „Ausbildung" weiter?" Bereitwillig erzählte er erneut von den Morden. Den Sabotagen und Erpressungen. Erläuterte die Gründe dahinter, soweit er sich noch erinnern konnte. Doch seine Familie ließ er bewusst außen vor. Hoffend, bereits das würde die Jury zu einer Strafmilderung bewegen. Solang das anstehende Urteil nicht seinen Tod bedeuten würde, war ihm jede Strafe gerecht. Bloß keine Giftspritze oder der elektrische Stuhl.

Die Geschworenen konnten einem auch leidtun. Nicht nur, dass dieser Fall kein einfacher war und es wortwörtlich um Leben oder Tod ging. Nein, der Staatsanwalt war anscheinend mal wieder sehr angetan von dem Schall seiner Stimme, er konnte wohl gar nicht genug von ihr bekommen. „Dieser Mann hat im Auftrag einer kriminellen Organisation Menschen grausam ermordet, verletzt, manipuliert und traumatisiert. Er ist in die unterschiedlichsten Gebäude eingedrungen, um die unschuldigen Menschen planmäßig zu liquidieren oder nachhaltig zu schädigen, weil es ein Befehl seines Vorgesetzten war. Aber macht ihn das weniger schuldig? Nein, es macht ihn umso mehr schuldig! Wie kaltherzig muss ein Mensch sein, um von Beruf aus andere Menschen zu verletzen und zu töten. Egal, ob freiwillig oder aufgezwungen. Und ich spreche hier nicht von Menschen wie unsere tapferen

Frauen und Männer, die täglich für die Freiheit und die Sicherheit unseres Landes kämpfen. Ich spreche von Menschen, deren Sucht nach Vehemenz und deren Zwang, die Welt zu kontrollieren, überhandgenommen hat. Die Gut und Böse, Richtig und Falsch nicht mehr auseinanderhalten können. Die Art Mensch, wie sie heute hier von Mister Adam Coon vertreten wird. Daher plädiere ich für schuldig im Sinne aller Anklagepunkte." Coon konnte durchaus verstehen, dass man Gerechtigkeit ordentlich durchsetzen wollte, aber musste ihn der Staatsanwalt gleich als Monster darstellen? „Und bevor ich mich wieder setze, möchte ich nur nochmal darauf hinweisen, dass Mr. Coon wenige Tage zuvor wegen Körperverletzung und Freiheitsberaubung angezeigt wurde. In Washington D.C. Unserer wundervollen Hauptstadt, in der -" „Einspruch! Ich wurde für dieses Vergehen an Mr. Arthur bereits gestern verurteilt. Es besteht auch keine Relevanz zu der aktuellen Anklage", verteidigte sich Coon und atmete erleichtert auf, als Richter Boyd mit „Einspruch stattgegeben" antwortete. Keine Überstimmung. Der Staatsanwalt verdrehte genervt die Augen. „Wie dem auch sei. Ich möchte Ihnen, den geschätzten Geschworenen, nur vermitteln, dass dieser Mann keinesfalls der smarte Unternehmer ist, wie wir ihn aus den Medien kennen. Selbst, wenn er nicht gerade nach einem skrupellosen Killer aussieht. Mister Adam Coon ist eine akute Gefahr für die Allgemeinheit. Deshalb fordere ich die einzig angemessene Strafe, die Todesstrafe."

Richter Boyd schaute zum Angeklagten. „Ihr Plädoyer bitte, Mr. Coon." Vorsichtig erhob er sich von seinem Stuhl und lief langsam auf die Geschworenen zu. „Ich bin mir sicher, dass jeder von Ihnen lieber irgendwo anders wäre als hier. Eventuell wären Sie heute Früh am liebsten ganz normal zur Arbeit gefahren, anstatt seit drei Tagen in diesem Gerichtssaal zu schmoren mit dem Wissen, dass Sie über das Leben eines Menschen zu urteilen haben. Vielleicht wären Sie auch gerne bei Ihrer Familie, bei Ihren Kindern." Coon legte eine kleine Pause ein, um die Worte auf die Anwesenden wirken zu lassen. „Ich möchte nicht abstreiten, dass ich in meiner Vergangenheit bereits Schreckliches getan habe", fuhr er fort und schenkte den Zuschauern eine schuldbewusste Miene. „Aber ist es wirklich richtig, mich in diesem Maße zu verurteilen? Ich wurde erpresst, unterdrückt, benutzt und zu guter Letzt wurden mir meine Frau Katherine und meine Tochter Grace genommen. Beide wurden ermordet, die Kehlen aufgeschlitzt. Nur weil ich einer gewissen Person zu unkonzentriert war. Stellen Sie sich vor, Ihnen würde das passieren.

Stellen Sie sich vor, Sie würden jetzt an meiner Stelle sein. Wie würden Sie dann über die ganze Sache denken?"

Der Gerichtssaal stand auf, als die Geschworenen nach ihrer Beratung den Saal betraten. Coons Hände zitterten leicht, und er fing an zu schwitzen. Kein anderer hätte jetzt in seiner Haut stecken wollen, als er den Leuten, die sein Leben in den Händen hielten, gegenüberstand.

„Sind die Geschworenen zu einem Urteil gekommen?", fragte Richter Boyd und sah den ersten Geschworenen an. Dieser hüstelte und richtete seine Brille, ehe er zu sprechen begann. „Wir, die Geschworenen, sind bis zum jetzigen Zeitpunkt zu keinem eindeutigen Urteil gelangt." Perplex hob Coon seinen Blick. Sie waren sich nicht einig. Er hatte also noch eine Chance. Keine Todesstrafe, fragte er sich. Angespannt senkte er seinen Blick und schaute auf seine Lackschuhe. Die Geschworenen zogen sich erneut zur Beratung zurück.

Die halbe Stunde schien ihm wie eine halbe Ewigkeit. Eine quälende halbe Ewigkeit.

„Sind die Geschworenen diesmal zu einem Urteil gekommen?", fragte Richter Boyd, als sie wieder im Saal eintrafen. Das gesamte Publikum, samt Anklage und Verteidigung wandte sich zu dem ersten Geschworenen, der aufstand, um das endgültige Urteil zu verkünden. „Wir, die Geschworenen, befinden den Angeklagten in allen Anklagepunkten für schuldig unter Vorbehalt. Es wird von einer Freiheitsstrafe abgesehen, dafür soll Mr. Coon vier Jahre lang gemeinnützige Arbeit leisten und die Hälfte seines Gesamtvermögens an Stiftungen für wohltätige Zwecke spenden. Sollte Mr. Coon je wieder eine solche Straftat begehen, so soll vor Gericht nicht mehr milde geurteilt werden." Wie in Trance saß Coon dort auf der Anklagebank. Kein Gefängnis hatte er lediglich herausgehört. Der Rest war für ihn ein bloßes Rauschen. Er hatte es geschafft. Er wusste nicht, wie. Aber er hatte es geschafft. Jetzt war er frei.

Tschüss orangener Overall. Tschüss ekelige Toilette.

Tschüss widerwärtiger Gefängnisfraß.

Und hallo neues Leben. Ja, jetzt konnte er wirklich von vorn anfangen.

EPILOG

**21. November, 2015.**

Er war bereits den zweiten Tag zurück in New York City. Am Flughafen hatten Henning und ihre Oma ihn mit offenen Armen empfangen und ihn gleich mitgenommen.

Die zwei waren für ihn zu Bezugspersonen geworden. Darüber war er sehr glücklich, denn auf der Straße musterten ihn die Leute noch immer seltsam.

Coon saß im Wohnzimmer der alten Dame und dachte nach. Der Abend war relativ mild zu dieser Jahreszeit.

„Na geh schon, Jungchen", sagte Oma Josefine. Hatte sie seine Gedanken gelesen? Wohl kaum. Aber es hieß doch immer, Alte wüssten, was in den jungen Leuten vor sich ginge. Josefine drückte seine Hand und lächelte. Coon schwang seinen Hintern vom Polster, zog sich sein Sakko über und ging vor die Tür.

194

„Guten Abend, Sir."

„Wie lange stehst du schon hier, Chuck?"

Der Angesprochene, Coons Chauffeur, schmiss seine Zigarette auf die Straße und zuckte die Schultern. „Weiß nicht genau, aber ich hatte so 'ne Intuition, dass Sie mich heut Abend noch brauchen würden." Chuck öffnete Coon die Autotür. Dieser setzte sich in den Beifahrersitz und schnallte sich an.

„Ich nehme an, du weißt, wohin es geht?" Chuck nickte und ließ den Motor aufheulen.

Auf der gesamten Etage war es dunkel, nur eine kleine Schreibtischlampe brannte. Er bewegte sich auf das Licht zu und nahm anschließend auf *seinem* Stuhl Platz.

„Hey", wisperte er und legte ihre Hand in seine. Bei dem Klang seiner Stimme zogen sich Grants Mundwinkel automatisch nach oben. Sie hob ihren Kopf und schaute in die grünbraunen Augen ihres Beraters.

Klugscheißers.

Freundes.

Adam Coon

-

Der Tod

serviert mit Essig

Band 1

Ein erstklassiges Team von Detectives. Eine Millionen-Metropole. Ihre Opfer. Und ein kindischer, dennoch liebenswürdiger Ex-Attentäter und seine Vergangenheit.

Herbst 2012. Ein Mord im Central Park und in das Visier der Ermittlungen gerät der millionenschwere Unternehmer Adam Coon. Nach kurzer Zeit aber wird seine Unschuld bewiesen und er darf wieder zurück auf die Straßen New York Citys. Doch wer ist der wahre Täter? Detective Melinda Grant ist am Verzweifeln. Sie tritt erneut in Kontakt mit Coon und bittet ihn um seine Hilfe. Dass seine Vergangenheit dabei eine große Rolle spielen wird, ahnt zu diesem Zeitpunkt noch keiner der beiden ...